罪咲く花嫁の契約結婚

黒崎 蒼

富士見L文庫

contents【もくじ】

tsumisaku hanayomeno
keiyakukekkon

第一章　月華の出会い

最後通告は不意にやって来た。

「これ以上、うちではあんたの面倒を見きれないのよ。出て行ってくれる？」

「え？」

自分がこの家でお荷物になっていることは知っていた。いつかは出て行かなければいけないだろうと思っていたが、それがこんな急なことだとは予想外だった。

話があるからこちらに来て、と自室に居たところを義母に呼び出された。咲菜《さきな》の方も義母に話があって、ちょうどいい機会だと、この日のために用意していたパンフレットを持ってリビングに入った途端にそう言われた。

突然のことに呆然《ぼうぜん》と立ち尽くし、咄嗟《とっさ》に手にしていたパンフレットを背中に隠した。顔を強《こわ》ばらせている咲菜に、義母は封筒のようなものを投げつけてきた。それは咲菜の頬に当たって落ち、袋から出た紙幣が床に広がる。

「ここに二十万あるわ。それで当面暮らしていけるでしょう？　せめてものお情けよ。とっとと荷物をまとめて出て行ってちょうだい」

「そ、そんなに急に言われても困ります……。確かにご迷惑をおかけしているとは重々承知していますが」

咲菜が俯《うつむ》きながら言うと、義母は咲菜の耳を引っ張って、自分の方を向かせた。

「人と話をするときにはその人の目を見て、と習わなかった？　本当に躾《しつけ》がなっていないこと！　親の顔が見たいわ。……ああ、もう死んだんだったわね。あなたみたいなお荷物を残して！　こんなブスで根暗な娘を引き取るなんて、最初から反対だったのよ。どこかの施設にでも放り込んでおけばよかったのに……！　親戚達の手前、そうできなかった」

義母と父は、母の死後に再婚した。

愛美《まなみ》という子を連れての再婚だったが、愛美は父の実娘だった。義母と父は長年不倫関係にあり、子まで生《な》していたのだ。しかも愛美は咲菜の姉である。義母は母よりも二年も前に父の子を出産していた。そして母の死を待つように再婚した。

義母の咲菜へ向けられる目は、最初から厳しいと感じていた。子供の頃はそれがなぜか分からなかったが、間もなくして姉に言われた。『私は父と母が愛し合って生まれた子供、あなたは西島《にしじま》家のために仕方なく結婚した末にできた子供なのだ』と。

西島家は古くから続く血筋の家で、本家、分家、といったような言い方が存在する家柄である。西島家当主は父の兄、つまり咲菜の伯父である。

父は十三歳の頃に婚約し、将来はその女性と結婚する以外の選択肢はなかった。それが咲菜の母だ。

「痛いです、お義母様《かあさま》……離してください」

「あんたにお義母様なんて呼ばれるのも、今日で最後だと思うとせいせいするね。あんたが高校を卒業する年までと今まで待ってあげたのよ。これ以上待てないわ」

血走った目で言う義母の背後に、裏切りのクレマチスが咲いているのを見て、咲菜は目を閉じた。

(見たくない……人の背後に咲く、醜い罪の花なんて……)

咲菜は怯《おび》え、なす術もなく項垂《うなだ》れるだけだ。

やがて気が済んだのか、義母は咲菜の耳から手を離した。

摑《つか》まれていた左耳が熱を持ち、じんじんと痛む。咲菜は左耳を手で覆い、力なくその場にしゃがみ込んだ。

「さっさとその金を持って出て行きな！　とはいえ、引きこもりの不登校で、高校中退のあんたが行く場所なんてあるとは思えないけどね」

そう言って義母は床に落ちた封筒を蹴った。中に入っていた一万円札が更に部屋中に散らばった。

なんて屈辱だろう。

咲菜は情けなくて、泣きたくなったが、このお金がなければ家を出たとしてもどうにもならない。床に散らばっているお札を拾って、元のように封筒に戻した。

「明日までは待ってやるから、せめてもの親心だよ」

そんなもの持ち合わせていないだろうに、義母はそう言い残して、リビングから出て行ってしまった。

どうしてこんなことになってしまったのだろう。

咲菜は唇を噛《か》みしめた。

いつか家を出ようと思っていたならば、バイトでもしてお金を貯《た》めて、いつでも自立できるように準備しておけばよかったのだ。だが、不登校で引きこもりの咲菜にそれは難しく、甘えてずっと家に居たのが、この結果を引き寄せてしまったのかもしれない。

しかし、今更なにを考えても無駄なことだ。咲菜は床に手をつきながらよろよろと立ち上がった。

そうしてお金を持って自室へ戻ろうとしたとき、階段に姉の愛美が居るのが見えた。彼女を見ないようにと視線を下に向け、階段を上がろうとしたところで話しかけられた。

「あーあ、やっと出て行くんだ？　本当にあなたって邪魔。ただでさえお荷物だったのに、学校にも行かずにずっと家に閉じこもっているなんて。私たちがどれだけ嫌な思いをしていたか分かる？」

「……。ごめんなさい」

咲菜は俯き、ひたすらにそう言うことしかできなかった。

「はあ？　本当に謝る気がある？　そんなじっと下を向いたままで。あなたって本当に陰気で嫌になるわ。美容院にも行かないから髪もボサボサだし！　前髪をそんなに伸ばしてどうするの？　私のこと見えていますか？」

愛美はからかうように咲菜の目前で手を振った。

「それにその黒縁のメガネもダサくて、逆にどこで買ったのって聞きたくなるわ。度が合ってる？　それにパーカーにデニムパンツなんて、いつも同じような服装をして、少しはおしゃれしようと思わないの？　とても私の妹だなんて思えない。もし外で会っても絶対に話しかけないでよね！　恥ずかしいから」

愛美は吐き捨てるように言う。

咲菜が人の顔を見られないのには理由があった。

しかし、それを話しても誰も信じてはくれないだろうし、気味悪い子扱いされるのが関の山である。だから咲菜はそれを誰かに話す気はなかったし、一生胸に秘めておくつもりだった。もちろん、姉には絶対に言えない。

「……あら、あなたなにを持っているの？」

そう言いつつ、姉は先ほど義母に見せられなかったパンフレットを、咲菜の手から取り上げた。

「あ……それは……」

「なに？　フラワーカレッジ？　専門学校のパンフレットじゃない」

姉は口元を歪《ゆが》めてパンフレットを見下ろしながら、ぱらぱらとめくっていった。

「もしかして専門学校にでも通いたいと思っていたの？　不登校の引きこもりだったくせに」

「かっ、返してください。それは……そういうことではないんです」

いや、そういうことだった。

高校は卒業できなかったが、将来のことを考えてなんとか専門学校に通えないかと父と義母に頼もうとしていたのだ。高校と違って、そんなに人とかかわらなくても済むだろうから、がんばれると考えてのことだった。だが、咲菜のそんな願いは今更申し出たところで無駄である。

「あんたは引きこもりからの再起を考えていたのかもしれないけれど、考えるだけ無駄だったわね。どのみち、あなたが十八になったら家から追い出そう、それまではなんとか我慢しようっていうのは、ずっと前から私たち家族の中で決まっていたことだったから」

「そうだったんですね……」

血が繋《つな》がった父と姉にもそんなふうに思われていたなんてショックで、なにも言い返せなかった。

「邪魔よ、いつまでもそんなところに突っ立っていないで」

愛美は持っていたパンフレットを咲菜に突っ返してから、咲菜の肩を小突いた。

その勢いでよろめいて、壁に背中をしたたかに打ち付けてしまう。しかし愛美はそんなことには知らぬふりで、階段を下りて行った。咲菜は愛美が自分の前からいなくなったのを確かめてから顔を上げて、パンフレットと封筒を抱きしめて階段を上がって行く。

「ママぁ、ちょっと出掛けたいの。車出してくれる？」

愛美が甘えた声で義母に呼びかけた。すると義母は先ほどの厳しい様子など嘘《うそ》のような優しい声で応える。

「はいはい、今夕飯の仕込みをしているから、十分くらい待っていてちょうだいね」

「はーい」

そんな幸せな親子そのものの会話を背中に聞きながら、咲菜は惨めな気持ちで自室へと戻った。

そうして荷物をまとめると、家の者が寝静まっている早朝、『お世話になりました』と書き置きをリビングに残して、家を出た。

＊

思えば桜のように儚《はかな》い人生だったわ。

咲菜は深夜、五十四階建てのビルの屋上から下を見つめながら、ほんの少しの勇気があれば全てを終わらせられると思っていた。

空には大きな月が浮かび、月明かりが咲菜を照らしていた。今日は満月で、月の光が華のように広がって……月華と呼ばれるような月だった。日中のじめじめとした暑さは和らいで、涼しい風が吹いている。

こんな月に見守られて命を終えられるならいいと考え、足を踏み出そうとするが……。

「駄目っ、やっぱり恐《こわ》い！」

咲菜は後ずさりして、ビルの柵に寄りかかり、その場に座り込んだ。

「あー……私の人生ってなんだったんだろうな？」

ふと呟《つぶや》いた自分の言葉が胸に突き刺さり、涙がこぼれてきた。

なにも特別なものを求めたわけではなかった。幼い頃から両親の不仲を感じていて、家族で笑い合っている幸せな家庭に憧れた。小学四年生の時に母は事故であっけなく死んでしまい、母が死んだその日から家には義母がやって来た。こんな人、お母さんではないと言ったら父に殴られた。急にできた姉は意地悪で、咲菜をまるで家来のように扱った。不仲の両親でも、実の父母の元で暮らしているのがいかに幸せか思い知った。

そして咲菜を邪魔者扱いする義母と姉がいる家でも、住む家があるだけマシだったとは、家を出てすぐに分かった。引きこもりの自分をそれまで置いてくれてありがたかったな、と思ってしまう。

「ああ、そうか、転落人生ね。そのときに置かれている状況に感謝すればよかったのに。私ってば、ないものねだりばかりして」

咲菜は溢《あふ》れ出して止まらない涙を手で拭った。

幸せなんて求めてはいけなかったのだろうか。幸せを願うことだけが自分にできることだと思っていたが、それすらも許されない人間だったのだろうか。

しかし、それももうおしまいだ。

咲菜は洟《はな》をすすり立ち上がって柵から一歩先へと踏み出し、下の状況を確かめた。

周囲はすっかり夜の闇に包まれている。向かいのビルの電気も全て消えている。下はちょうど工事中の駐車場で、囲いがされているから誰かが入ってくるような心配はない。飛び降りても誰かを巻き込むことはないだろう。咲菜が決意して、胸の前に手を当てたそのときだった。

「……ちょっと待った」

屋上には誰もいないはずだったし、誰かが来たとしたら扉が開閉する音で分かるはずだ。それなのに不意に声が聞こえて、咲菜は飛び上がらんばかりに驚いた。

振り返って見ると、そこには見知らぬ若い男性の姿があった。咲菜が驚いて身体《からだ》を硬直させている間に近づいて来て、柵の隙間から手を伸ばして咲菜の手首をしっかりと摑んだ。

不意のことに、咲菜はその男性の背後に咲いている花を見てしまった。

(百合《ゆり》……！　殺人の花……！)

そう、咲菜は人の背後に花を見ることができるのだ。それは、その人が犯した罪の花……背負っている罪が、花となって現れる。

そのせいで、咲菜は人のことをまともに見ることができない。だからいつも度が合わないメガネをして、俯《うつむ》きがちに歩いている。

(人を殺したことがあるの？　逆らったら殺されてしまうかもしれない……っ！　でも)

咲菜は慌てて彼から目を逸《そ》らした。

「こんなところでなにをしている？」

男の声が冷たく響く。こちらを咎《とが》めているような口調だ。

「放っておいてください……。どうか見逃してください……」

「見逃す？　それはできないな」

「どっ、どうして……」

そう言ってから、彼はもしかして連続殺人鬼で、このビルから飛び降りようとしている人を止めて、どこか人里離れた場所に連れて行き、自ら息の根を止める……ようなことをしているのではないかと、ろくでもないことを想像してしまった。

（だって彼の背後には確かに百合が咲いていたもの……。一瞬見ただけだけれど、冷たそうな瞳をしていた！　早く逃げなきゃ……！　死ぬ覚悟でここまで来たけれど、殺されるのは嫌よ！）

そう焦り、なんとか彼から逃れようと腕を振るが、彼の力は強く、とても振り切れるものではなかった。

「もう一度問うが、こんなところでなにをしている？」

「あっ、あなたには関係ないでしょう？」

「それが、関係あるんだ。ここは俺の会社のビルだ。そこで飛び降りられたらたまらない」

「あ……」

まさか、若く見えるのにビルのオーナーだなんて。訝《いぶか》しく思うが、嘘でしょう、証拠を見せなさいよ、なんてやりとりはしたくない。咲菜は人とかかわるのが苦手なのだ。とにかく早く彼から離れたい。

「だっ、だったら別のビルに行きます……ごめんなさい」

「ごめんでは済まない、不法侵入だ。ちょっと話を聞かせてもらおうか？」

「え？　ええー？」

「西島咲菜、だろ？」

自分の名前を言い当てられ、驚いた咲菜は再び彼の顔を見てしまった。

よく見たら見覚えがあった。名前は……確か花涼院《かりょういん》、花涼院旬《しゅん》。花涼院家の御曹司であり、咲菜が通っていた中学の先輩だった。

それならば、このビルのオーナーだというのは、嘘ではないと分かる。花涼院家は古くからある家で、日本でも屈指の財閥である。手広く事業を手掛けており、広大な土地を所有していて、日本中に花涼院財閥のビルがある。

しかし、どうして自分の名前を知っているのか、には、疑問があった。

咲菜は中高一貫の学校に通っていて、中学二年まではなんとか通学できていたが、それ以降は学校にも、どこにも行けなくなってしまった。それはもちろん、人の背後に罪の花が見えてしまうことを恐れたからなのだが……それはまた別の話で、今は花涼院のことである。中学で彼は特別な存在で、彼が気高く咲き誇る薔薇《ばら》ならば、咲菜は道端で踏みにじられるシロツメクサのような存在だった。しかも学年も違う。そんな彼が、どうして咲菜の名を知っているのか。

「ちょっと顔貸せよ、昔のよしみで」

そう冗談めかして言う彼に逆らう気力は、今の咲菜にはなかった。

連れて行かれたのは近くにあるファミレスだった。

花涼院家の御曹司がファミレス？　と不思議だったが、もしかしたらこちらに合わせてくれているのかもしれないと思い至った。

咲菜は地味な黒いパーカーにデニムパンツ、白い薄汚れたスニーカー。肩から斜めがけのラウンドショルダーバッグを掛けているという格好だった。長く黒い髪は無造作にひとつに結わえ、前髪は目の下にまでかかっている。黒い縁の、度が合わないメガネをかけ、化粧もしていない。

旬を見ると……彼は恐らく大学生だろうが、社会人に見えるようなスーツ姿だった。身体にぴったり合っているから、恐らく、というより当然、オーダーメイドのスーツだろう。着けている大きな腕時計は、スイスの有名メーカーの腕時計だ。きっと数百万円、いや、一千万円以上するようなものかもしれない。

よくよく考えたら、同じ中学に通っていたはずなのになんという違いだろう、と落ち込んでしまう。咲菜は、そこそこ裕福である西島家の娘であるはずだが、今は職なしで住む場所もない。

（そうか……そんな私がこんな格好で、しかもビルから飛び降りようとしているなんて、どんな事情があるのか興味があるのかもしれない）

それで自分をこんなところに連れて来たのだろう、と合点《がてん》がいった。それ以外は想像できない……先ほど考えた殺そうとしている、はいくらなんでも飛躍しすぎだ。彼が油断ならない人だということは変わらないが、花涼院家の御曹司は自分など歯牙にも掛けないだろう。だからきっと大丈夫、と思い込んだ。

ウェイトレスに店の一番奥のボックス席に案内され、向かい合わせに腰掛けた。

「……なんでも好きなものを食え。腹が減っているんじゃないか？　酷《ひど》い顔をしている」

旬はそう言いながら、立てかけてあったメニューを咲菜の方へと突き出した。

その途端に、お腹《なか》がきゅるきゅると鳴り始め、慌ててお腹を押さえる。

そういえば今日は夕ご飯を食べ損ねたのだった。いつも夕ご飯を食べている時間に会社の事務所に呼び出されていたから。

「ええっと……じゃあ、シーザーサラダと、フライドポテトとサンドイッチで」

「……そんなもので足りるのか？」

「うぅ……こっちのビーフハンバーグとエビフライのセットも」

するとと旬はテーブルの上にあったボタンを押した。すぐにウェイトレスがやって来た。

「ええっと……こっちの……」

咲菜がシーザーサラダのページをめくろうとしていたところで、旬が声を上げた。

「シーザーサラダとフライドポテトとサンドイッチ、それからビーフハンバーグとエビフライのプレート。それと珈琲《コーヒー》で」

「珈琲はドリンクバーにございます。ドリンクバーをひとつでよろしいですか？」

「ああ、じゃあそれをふたつつけて」

「かしこまりました」

咲菜がうかうかしているうちに、素早くオーダーを済ませてしまった。さすが、というか、これが普通だよな、と思いながら咲菜はしょんぼりとメニューをメニュー立てに戻した。

その間に旬は立ち上がり、珈琲を持って戻って来た。しかも咲菜にはアイスティーを持ってきてくれた。偶然だと思うが、アイスティーは咲菜の好物だ。

そうして、ふたりで向かい合って座ったまま、沈黙が続く。

早く食べ物が運ばれてくれば間も持つだろうが、なかなか運ばれてこなかった。

気まずい空気が流れたが、旬は口を開こうとしない。ただ、咲菜のことをじっと見つめているだけだ。

（こんなじろじろ見て、私みたいな貧乏人が珍しいのかしら？　そうよね、彼の周りにはきっといないタイプよ、悪い意味で）

どうしてこんなところに連れて来たのですか、と問いたいが聞けない。

記憶の中の旬は、転校してきてすぐに生徒会長になった嘘《うそ》みたいな人だ。教師だろうが誰だろうが構わずにはっきりとものを言う人だった。時には辛辣な発言もあったが、誰も逆らえない空気があった。それを考えると、今の自分はなんて言われてしまうのかと不安でいっぱいになった。

「あ……花涼院さんがファミレスに来るなんて意外です……。よく来るんですか？」

「俺の名前、憶《おぼ》えていてくれたんだ」

「え……？」

思いがけない、優しい言葉に咲菜の心は跳ねた。

そんな、あの中学に通っていた人で花涼院の名を知らない人なんていない、と言いかけて言葉を呑《の》み込んだ。なぜか、そんな言い方をされるのを彼は望まないような気がしたからだ。

「ええ……憶えています」

「そうか、嬉《うれ》しいな」

「うっ、嬉しいなんて」

咲菜は俯いたまま答える。いつも俯きがちな咲菜だったが、今は別の意味で顔を上げられなかった。頬が熱を持っている。そんな顔を見られたくない。

「どうしてファミレスに来たかって？　この時間、営業している店はこの辺りではここしか思いつかなかったんだ。駅前のコーヒーショップでもよかったが、君はとても腹が減ってそうな顔をしていたから」

「なる、ほど。そうですよね」

よくよく考えれば聞くまでもないことだったと後悔する。もう二十三時過ぎだ、ほとんどの店は既に閉店している。開いているのはアルコールを提供している店ぐらいだろう。

咲菜をそんな店に連れて行くのは、と気遣ってくれたのかもしれない。

「それで、どうしてビルの屋上になんていたのか、聞かせてくれないか？　無理強いはしないが」

「それは構いませんが、花涼院さんが聞いてもあまり面白い話ではないかもしれません」

「旬だ」

「え？」

「旬、と呼んでくれないか？　花涼院という名はあまり好きじゃないんだ」

「ええ、はい……。旬、さん」

そう呼んだのに、なぜか沈黙が続く。

もしかして怒ったのか、とその表情を見たかったが、顔は上げられなかった。

「まあ、旬さん、でもいいか。花涼院さん、よりはマシだ。……で？　話してもらおうか。どうしてあんなところに居たのか」

「はっ、はい……。でも……」

ちょうどそのとき、ウェイトレスがやって来て咲菜の目前にオーダーしたものを並べていった。

「はい、こちら、シーザーサラダとフライドポテトとビーフハンバーグとエビフライプレートになります。サンドイッチはもう少々お待ちくださいね」

ウェイトレスは明るく言い一礼して立ち去った。

「あの、ご飯を食べてからでいいですか？」

「ああ、もちろん構わない。夜は長い、いつまでも待つさ」

そうして咲菜はフォークとナイフを持ち、まずはビーフハンバーグに食らいついた。旬の前ではしたない、とは思ったが、もう存在自体が恥ずかしいからいいと開き直った。それより、食事が前に並んだ途端にいかに自分がひもじかったかを思い出して、空腹を満たすことをなにより優先してしまう。

死のうと考えていたのに、情けないとは思うが、食欲には勝てなかった。

そうしてひととおり食べ終わったところで、咲菜は覚悟を決めて、ぽつりぽつりと事情を話していった。

まずは不登校で引きこもり生活をしていたが、今年の三月に突然家を追い出されたことを話していった。義母とのやりとりは情けないことばかりだったが、そのことも話した。

「……新しい生活を始めるのに二十万は少ないな」

旬はそう感想を漏らした。

「ええ、最初は十分だと思っていたのですが、暮らしていくのってお金がかかるんですね」

家を借りるにも保証人になってくれる人の心当たりはなく、また三万円の激安物件を見つけたとしても敷金《しききん》礼金と家賃二ヶ月分を前払いすると二十万円近くかかる。そして最低限暮らせるだけの家具を揃《そろ》えるには更に十万円ほどは必要そうだった。まずは収入を得ないと住む家を確保することは難しいと考え、最初の半月はネットカフェを渡り歩いていた。

「それで、なんとか社員寮がある夜勤の仕事を見つけたんです。スーパーやデパートが閉店した後に、店舗の清掃をするバイトでした」

夜勤で、しかも清掃の仕事は人とあまり接することがない。そんな仕事を見つけられたのは咲菜にとっては幸運なことだった。

掃除も嫌いではなかった。引きこもっている間は、学校に行っていないのだから家事くらいやりなさい、と義母に言われ、西島家の家事の一切を請け負っていた。咲菜がいるから不要だと、今までいた家政婦も雇わなくなった。西島家は広い邸宅で、なかなかに大変な仕事だった。少しでも汚れていると義母にご飯抜きを言い渡された。それと比べたら、そんなに細かく言ってくる者はいないし、食事抜きどころか給料までもらえる。時給千四百円は咲菜にとって破格だった。自分に向いている、ずっと続けたいと思っていた……のだが。

「それが、突然解雇されてしまいまして。住む場所と仕事を同時に失いました。それで、途方に暮れて……」

「あのビルから身を投げようと？」

「はい……」

やっとのことで見つけた仕事である。ここをクビになったら生活が立ち行かなくなってしまう、と訴えたが、相手にされなかった。これからどうしようと絶望的な気持ちで寮に戻ると、既に解雇の連絡が入っていたようで、管理人から通達書を渡された。そこには三日以内に出て行くようにと書かれていた。

それでもう行き止まり、追い詰められた気持ちになってしまったのだ。

そして、その寮から見える一番高いビルへやって来たというわけだった。

「そういうことだったのか。ところで仕事を急にクビになったとは一体どういうことだ？急にクビにすることなんてできないはずだ。無期契約をしていた場合、少なくとも三十日以上前に通告しなければならないはずだ」

「いえ、でも、仕事とはいえ身分はバイトで……」

「バイトもなにも関係ない、これは労働者が平等に持つ権利だ」

「そう……なんですね」

旬は恐らくバイトなんてやったことはないだろう。それなのにそんなことを知っているなんてすごいと思ってしまう。それに比べて自分はなんて甘いのか。今の時代、ネットでなんでも調べることはできる。生活する上で、仕事をする上で必要なことはもっと知っておかなければいけなかった。

「ですが、もしそうでも、あと一ヶ月働かせてくださいとはとても言えないです……。事情が事情だったので」

「その事情とはなんだ？」

旬に鋭く切り込まれるが、あまり話したくないな、と思った。

だが、引きこもっていたこと、家を追い出されたことまで話したのならば、もうもののついでだという気持ちになっていた。

「実は、職場で窃盗事件が起きまして……」

「ほう。その犯人に仕立て上げられたのか？」

旬の、その言いようが気になった。

「仕立て上げられた……あの、どうしてそういうふうに思うんですか？　私が本当に盗んだかもしれないじゃないですか？　家から追い出されてあんまりお金を持っていないし」

「君が盗みなんてするはずがない」

「え……」

断定するような言い方に驚いて、思わず顔を上げてしまい……慌ててまた下げた。

一瞬だけ見た旬の表情は、こちらをからかっているのでも、どうでもいいというふうでもなく、真剣なものだった。咲菜が盗みなんてしない、と本気で信じているように思えた。

(どうして、そんなに私のことを信じてくれるの……？　今までほとんど話したことなんてないのに)

戸惑いながらも、咲菜は先を続けた。

「ええっと……犯人に仕立て上げられたのは私ではなく、バイト仲間だったんです。それで、真犯人はその人を犯人だと糾弾したバイトリーダーだったんです……」

バイトリーダーが、かねてその女性を快く思っていなかったことを、周囲はみんな気付いていたはずだ。女性は三十代半ばで、仕事の覚えが悪く、彼女のせいで何度か残業をすることがあった。早く辞めればいいのに、と休憩中に彼が口にしていたことも知っている。

ある日、別の男性アルバイトの財布がなくなったときに、バイトリーダーはまっさきに彼女が盗んだと決めつけた。実は彼女は最近離婚したシングルマザーで、幼い子を育てるために割のいい夜勤のバイトをしているのだと、周囲は知らなかったそんな事情までぶちまけ、金に困ってやったのだろうと言い放った。彼女はやっていないと言い張ったが、バイトリーダーは警察に突き出すと言い、それが嫌ならバイトを辞めろと脅したのだ。

それを、咲菜はとても見逃すことができなかった。バイトリーダーが犯人であることは、咲菜には丸分かりだった。そして……。

「……君が、証拠もないのに犯人を言い当てたんだろう？」

「え？　どうしてそれを……あ……」

咲菜は慌てて手で口元を押さえた。

そう、咲菜はそっとメガネを外し、バイトリーダーの背後に咲く花を見たのだ。彼には黒紫色のグロキシニアの花が咲いていた。窃盗の罪がある者に咲く花だ。

そして咲菜が指摘した通り、バイトリーダーの鞄《かばん》から盗まれた財布が出てきた。彼の鞄を検めるとき『俺を犯人扱いするなんて。これで出てこなかったらどうなるか分かっているだろうな？』とさんざん脅されたが、それには屈せずに自分の意見を押し通した。

女性には感謝されたが、他のバイト仲間からは白い目で見られた。正しいことをしたはずなのに、という思いはあったが、後味の悪さがあったのも確かだ。

その後、長年働いていたバイトリーダーは辞め、咲菜がその責任を問われた。彼が盗みをしたのだと事情を話したが、人事部長は彼と懇意で、一緒に飲みに行くような仲だったのだという。彼はそんなことはしない、の一点張りで、他のバイトにも話を聞いたがそんな事実はないと確認している、と言われた。咲菜が彼に好意を寄せ、しかし受け入れられずに振られたから、仕返しに彼が窃盗をしたと噂《うわさ》を流したのだと、そんなデタラメの理由を語られた。咲菜は否定したが、信じてもらえなかった。

「君は特別だということは、俺は気付いていた」

「特別……」

「ああ、特別な能力があるんだろう？　人の罪を見ることができる」

そうずばりと指摘されて、咲菜の胸はぽんっと跳ねた。

なぜそんなことを彼が知っているのか。

咲菜はじっと俯《うつむ》き、テーブルの下の手をぎゅっと握った。額から汗が噴き出し、唇がわなわなと震え出す。

誰も知らない、一生誰にも告げることはないと決めた秘密だった。それなのにどうして？　考えるが、予想もつかなかった。

戸惑う咲菜をよそに、旬は語り続ける。

「中学のとき、俺が君に話しかけたことがあっただろう？」

「え、ええ……」

「しかし君は、俺を見るなり……というより、俺の背後を見るなり、はっと目を丸くして、口元を押さえ、顔を真っ青にして、怯《おび》えたように肩を震わせながら走って行ってしまった。ちょうど今の君のようだ」

まさか、中学のときのことを旬が憶《おぼ》えているとは思わなかった……が、きっと花涼院家の跡取りとして周囲に大切にされ、敬われてきた彼にそんな態度をとる者は滅多にいない。だから記憶に残ったのだ。今考えれば、なんて失礼なことをしたのだと思う。

「そっ、その節は……大変な失礼を……」

「それはいい。失礼だとは思っていない。しかし、どうしてそんな反応を示すのか分からなかった。最初は俺に幽霊でも取り憑《つ》いていて、それを背後に見たのかと思ったが、どうやら違うことが分かった。西島家本家には時折、不思議な能力を持つ者が生まれるそうだな」

「え……そ、そんな話は聞いたことがありません。そもそもうちは分家です。両親はそれでもお盆ですとか年末年始には本家に出掛けていて、姉も時折それに同行していましたが、私は連れて行ってもらえませんでした」

祖父母にも他の親戚にももう何年も会っていない。もし、そんな秘密があったところで、自分には話してくれなくても当然だろう、との思いはあったのだが。

「ところで、君の目から見ると俺の背後にはなにが見えるのだ？」

「え？」

「正直に言え、別にそれで怒ったりはしない。窃盗の罪を言い当てられたという男のようにはな」

咲菜はそう言われてもなかなか決心できなかった。

自分の能力を人に見せる。そんなことは今までに考えもしなかった。どうあっても気味が悪いと思われるだろうし、嘘《うそ》をついていると思われるかもしれない。

それに旬の目的も分からない。どうしてそんなことを確かめようとするのか？　ただの興味なのだろうか。それともなにかに利用しようとしている？

しかし迷っていても答えは出ない。もう死のうとまで思いつめたのだ。ならば、どうにでもなれ、という気持ちになった。

咲菜はメガネを外し、旬の顔、そしてその背後にある花を見つめた。

「百合《ゆり》……が見えます。百合は、人を……殺した人が背負う花です」

人の背後に咲いている花はとても美しいとは思えない、暗い闇の中に不気味に咲く花。見ているとその花に自分の精気が奪われてしまうような気がする。

「そうか。そんなものが見えていたら人の顔もまともに見られないだろう。……おい」

不意に旬が誰かを呼んだ、と思った次の瞬間には、見知らぬ短髪の男性が旬の隣に跪《ひざまず》いていた。いつの間に、と思って見回すと、近くのボックス席に二人の男性とひとりの女性が座り、こちらのことを見ていた。目立たない格好で、周囲の様子に注意を払っている様子だった。もしかして旬の護衛なのだろうか。

「例のものを持って来い」

「はい」

そう命じられた短髪の男性は僅かに頷《うなず》いて、すぐに店外へと出て行ってしまった。

「例のもの……？」

「すぐにそれがなにか分かる」

　そうして間もなく男性が戻って来て旬になにかを渡すと、元々座っていたであろうボックス席に戻っていった。

「これを君にやろう」

　そう言いながら、旬は握った手を咲菜の目の前に差し出し、ゆっくりと開いていった。

　彼の手の内には勾玉《まがたま》があった。

　紫色の勾玉だった。これは、紫水晶だろうか？　つやつやと輝いている。

「この勾玉を持って、もう一度俺のことを見てみろ」

「え？」

「いいから」

　そう言って身を乗り出すと、咲菜の腕を摑《つか》んでテーブルの下に置いていた手を出させ、そこに勾玉を握らせた。

　ひんやりと冷たい感触があった。……と、次の瞬間には全身の血管になにかが駆け巡っていくような感覚に陥った。目が熱くなり、刺されたような痛みがあった。

「いたっ……」

　そうして一度目を閉じて、開けたときには痛みはなくなっていた。

「俺を見てみろ」

　旬は咲菜から手を離して、元のように腰掛けた。

咲菜は恐る恐る顔を上げ、そうして旬の顔を見て、驚きに目を瞠《みは》る。

「え……なにも見えない。そんな馬鹿な……」

続いて、周囲を見回す。

パソコンを叩《たた》いているサラリーマンふうの男性にも、参考書を開いている大学生ふうの男性にも、談笑している女性たちにも、料理を運んでいるウェイトレスにも、レジに立つ男性店員にも、なにも見えなかった。人はなんの罪も犯さずに生きていくのは難しい。些《さ》細《さい》な裏切りや嘘や隠蔽や、そんな罪も咲菜の目には映るのだ。しかし、そんな罪の花さえも咲いていない。

「こんなことって……あるの？　もしかしてこの勾玉の力？　これって一体なんなんですか？」

今まで咲菜が俯きがちで、人の顔がまっすぐ見られなかったのは、罪を見る能力が原因である。

それがなくなれば、まっすぐに人の顔を見ることができる。その人の罪を見てしまうのではないか、と恐れることはない。学校にも行ける、仕事もできる。顔を上げて、街を堂々と歩くことができる。もう義母に俯きがちで陰気な娘、と罵られることもない。

「うちは、実はこういうことには強いんだ。まあ、言うなればオカルト関係だな」

他の人にそう言われても疑ってしまうところだが、由緒ある花涼院家の次期当主の言うことならば、そのようなこともあるだろう、とすんなり受け入れてしまう。

「さすがは花涼院家です。まさか、私の力を封じてしまうようなものがあるなんて。それで……」

これをなんとか譲っていただけませんか？

そう言いかけたが、無理だろうと口を噤《つぐ》む。とても高価そうだ。いや、値段のことだけではない、希少なもので、普通の人には手を触れることもできないものだろう。それを譲ってくれなんて、そんな図々《ずうずう》しいことは言えない。

しかし、欲しい、喉から手が出るほど欲しい。

どうしたらいいのかと、咲菜は勾玉を握りしめた。

「君が学校に来られなかったのも、外に出ることができなくて引きこもっていたのも、全部その罪を見る能力が原因だったんだろう？」

「ええ、そうです」

「その度の合っていないメガネをかけているのも、前髪をそんなに伸ばしているのも、人と話すときに俯いているのも、歩くときに下を向いているのも」

「はい……」

「だが、その勾玉があれば力を封じることができる。いわゆる、普通の生活が送れるだろう。できるだけ人に会わないようにと、夜勤のバイトなんてしなくて済む」

「そうです！　あの、どうにかして……」

「その勾玉は君にやる」

「え？」

「しかし、それには条件がある」

「条件……？　私にできることならなんでもします！」

咲菜は立ち上がり、旬の手を取ってぎゅっと握った。

旬は戸惑ったように目を瞠ってから、やがてふっと笑った。

「簡単なことだ、俺の嫁になれ」

「え？　よ、よめ……」

なんのことか分からず戸惑った咲菜は、旬の手を離して元のように腰掛けた。

よめ、とはなにかの隠語だろうか……。それともなにかの聞き違いだろうか。俺の奴隷になれ……だとか、俺のために一生働け……？　いや、なにかが違う。

「さっき言っただろう？　花涼院家はオカルト関係に強い。代々、そういう未知の能力を血筋に取り入れて、それで大きくなってきた家なのだ」

「あの……話が見えないのですが」

「そうだな、最初から説明しよう」

そうして旬は立ち上がろうとしたが、それになにかを察したのか、近くのボックス席に座る旬のお付きらしき人が動いて、珈琲《コーヒー》のおかわりを持ってきて旬の前に置いた。ついでに、と思ったのか、咲菜のアイスティーも持ってきてくれた。

「実は俺には親が決めた婚約者がいるんだ」

旬は珈琲を一口飲んでから、語り出した。

ええ、そうでしょうね、と咲菜は冷静に受け止めた。西島家の跡継ぎの、弟であった父にも、母という婚約者がいたくらいだ。花涼院家ならば、生まれたときから許嫁《いいなずけ》がいたと聞いても驚かない。

「なんだか、平然とした顔をしているな。時代錯誤だとは思わないのか？　親が結婚を決める、なんて」

「あっ、ああ。そうですね……。今は多様性の時代ですから、そのようなことを一方的に決められるのは好ましくありませんよね」

「君は変わっているな……」

旬はなんだかおかしそうに笑った。花涼院家の跡取り……今まで恐《こわ》い印象を抱いていたが、笑うとそうでもない、と思えた。

「まったく、君の言うとおりだ。俺は自分が好きな人と結婚したいし、相手もそうだろう。俺の婚約者には恋人がいる」

そう聞いた途端に、背筋に嫌な汗をかいた。

両親のことを思い出してしまったからだ。両親は結婚する前にお互いに恋人がいた、と聞いていた。父は結婚してからも関係を続け、そして、姉が生まれ、父の恋人は後々義母になった。親が決めた婚約者と結婚するということは、第二の咲菜のような子を生むかもしれない、ということだ。

「俺は彼女には、自分の好きな人と結婚してほしい」

「それはそうです！　それが一番自然なことですし、双方のためです！」

「そうだろう？　しかし俺の両親も、相手の両親もそんなことは受け入れない。どうあっても、決められた相手と結婚しろという。だが……」

句はそこで一旦言葉を句切り、そして咲菜の瞳をじっと見つめた。

「ひとつだけこの婚約を破棄する方法がある」

「そ、それは……？」

「君だよ」

「え？」

咲菜は目をしばたたかせた。なぜここで自分が出てくるのかまるで分からない。

「花涼院家は特殊な能力を持った者をその血筋に加えることによって力を得て、大きくなってきた家だ」

「あの……それってまさか、私の、罪を見る力、のことを言っていますか？」

「ああ、もちろんそうだ。特殊な力を持つ者との結婚は、なによりも優先される」

　旬は頬杖《ほおづえ》をつき、咲菜のことを観察するようにじっと見つめた。

「そういうことだから、俺の嫁になれ。そうすれば俺の婚約者は俺以外の人と結婚することができる」

「いっ、いえ！　ちょっと待って下さい！　でもそれは……旬さんの婚約者はいいですが、旬さんは、家のために結婚するということではないですか？」

「なにも本当に結婚するとは言っていない。契約結婚だ」

「け、契約結婚……？」

「そうだ。本当の結婚ではない。これはビジネスであり、単に周りにそう思わせるだけだ」

　旬は何の迷いもない様子ではっきりと言い切る。

「なにも悪い条件ではないだろう？　聞けば、君は仕事をなくし、住む家もないような状況だという。俺と結婚するということになれば、結婚するまでの間、花涼院家に住まわせることは可能だ」

　花涼院家とはどんなところだろう。きっと幼い頃に行ったことがある西島家の本家よりもずっと広く、ずっと立派だろう。西島家も古くからある家で、部屋数だけでも二十はあったように記憶している。そして、今の時代に住み込みの使用人が十人ほどいた。

ここに居るだけでも、旬には四人のお付きがついている。一体どれくらいの人が花涼院家で働いているのだろう。どんな家だろう、と興味が湧いた。

「まず俺は、君を婚約者として雇うことになる。だからもちろん賃金は払う。深夜のバイトよりもずっと割がいいと思えるくらいの金だ」

「じゃ、じゃあ……そのお金でフラワーアレンジメントの専門学校に通うこともできるでしょうか……」

花に狂わされる人生だが、咲菜は花が好きだった。引きこもっている間の慰めは、パソコンで花の画像を眺めることだった。

いつか実際にその花を見て、触れて、香りを確かめてみたいと願っていた。実際に家を出て暮らし始めたらそんな余裕はない生活だったが、初めての給料日には花屋で花を買い、花瓶は買えなかったから空き瓶に入れて、自分の部屋の窓際に飾った。赤いガーベラは一週間は咲菜を楽しませてくれた。お金を貯《た》めて専門学校に通うという目標があったから、夜勤の仕事もがんばれた。

「専門学校に通うつもりだったのか？」

「はい……いつまでも引きこもっているわけにはいかないので、父と義母にそう頼むつもりでした。その当日に追い出されてしまったわけですが……。ゆくゆくは、結婚式場ですとか、イベントの会場に飾る花を生けるような仕事に就きたいなと思っていました。花は……好きなのです」

「学費になるくらいの金は渡せると思う。どうだ、いい話だろう？　俺も俺の婚約者も望まない結婚をしなくて済む、君は住まいを保証され、学費を稼げる」

旬の言うとおり、咲菜にとっては願ってもないことだった。

まるで夢のような話……そうだ、とても現実的ではない。

「いえ、でもやはり駄目ですよ、私みたいな者が花涼院家に住まう、なんて。たとえ一時期であっても……。私は西島家の人間なので、多少の信用はあるかもしれませんが、勘当された身です」

「君が西島家の人間だろうと、どこの人間だろうが関係ない。勘当されたのも関係ない」

咲菜が偽りの婚約者として評価されるのはただ一点、罪を見る能力があるということだけなのだろう。

「どうする？　俺と一緒に来るか？　それとも元の生活に戻って、人の顔を見ないように過ごし、一生顔を上げられない人生を歩むか？　専門学校へ通うだけの金を貯めるのに何年かかるだろうな？　学校に通っている間の生活費も別に必要だろう？」

なんて意地悪なことを言うのか、と咲菜は唇を噛《か》んだ。

契約結婚を受け入れなければこの勾玉《まがたま》を渡すつもりはないのだろう。一度これに触れて、その効果を知った今、二度と手放そうとは思わない。しかし……。

「あの、その他にひとつどうしても気になることが」

「なんだ、なんでも言ってみろ。いざ契約した後にあれこれ言われたら困る」

「……旬さんは、人を殺した罪を背負っているようですが」

咲菜は声を潜めつつ思い切って聞いた。契約する上でも、一緒に暮らす上でもそれがどうしても気になった。

旬の瞳が、それを聞いた途端にすっと細められたような気がした。怒らせてしまった、と咲菜は焦るが、やがて彼の唇に笑みが浮かんだ。

「気にすることはない、過失致死のようなものだ」

「かっ、過失致死……ですか」

「そうだな、君の目には罪に映るだろうが、世間に知られたところで逮捕されるようなことはない」

「はあ……」

「だいたい、俺を誰だと思っている？　花涼院家の跡取りだぞ？　本当に憎くて殺したい相手がいたとしても、自分の手など汚すものか」

（そっちの発想の方が恐いっ！）

そして花涼院家の力があれば、そのようなことも可能だろうと思ってしまう。

「他に質問はあるか」

強い口調で言われ、これ以上この件に関しては聞くなということだろうと咲菜は察した。どんなことがあったのかと気になるが、そこまで踏み込むべきではないと感じた。なにか深い事情があってのことだろうと、咲菜は受け止めることにした。

「それから……そうですね、契約結婚と言いますが、期間はどのくらいでしょう？」

「そうだな、俺の婚約者が結婚して、できれば子供までできれば決定的なんだが」

「それだと、何年かかるか分からない……うぅん」

「では、君に結婚したいくらい好きな人ができるまで、にするか？」

「え……？」

「言っただろう、誰かに結婚を無理強いしたくはないんだ。一生にかかわることだろう？結婚次第で幸せにも不幸にもなる」

そう言った旬の顔はとても優しく、そして誠実なものに見えた。

ああ、きっと旬はその婚約者のことを本当に愛しているのだろうと思った。だから、その人の幸せを願って自分は身を引くのだろうと。

なんと健気《けなげ》なことだろうと、咲菜は感動していた。自分にできることがあれば協力したい、と。しかもそれは自分にも大きく利益があることだ。断る理由などあるだろうか。

「そ、それなら……いいかもしれない……です」

「そうか。では、一緒に来てくれるか？」

旬は咲菜に手を差し伸べた。

その手を取ったら自分の人生は変わるような気がした。もちろん、きっといい方向に、である。なにか危険なことがあるような気もしたが、一度は死のうと思った身である。躊躇《ためら》うことはないだろう。

咲菜は一瞬だけ迷った後、

「……一緒に行きます」

決意を固め、覚悟を胸に、差し出された旬の手を取った。

＊

ファミレスを出たときには既に日付が変わっていた。

店の前には黒い大きな車がつけてあった。先ほどは歩いてここに来たが、店にいる間に呼んだのだろうか。

黒い背広を着た運転手が、旬がやって来たことに気付くとすぐに車から降りてきて、後部座席のドアを開けた。旬はまず咲菜を先に乗せ、それから自分も乗り込んだ。

旬の車の後ろにはもう一台、黒いワンボックスカーがあった。ファミレスに居たお付きの人達はそちらに乗ったようだった。

「家までは一時間ほどだ。疲れているなら寝ておけ」

「いえ、一時間ほどなら起きています。……というか、もう家に行くのですか？　こんな深夜ですし、私は寮に戻って荷物をまとめないと……」

「そんなことをさせて、逃げられてはたまらん」

「は……？　逃げるなんて、そんなこと」

「君の寮にあるものならば、後で誰かに運ばせる。気にするな」

気にしないわけにはいかないが、考えてみれば実家から持ち出したものは少なく、また、金銭的な余裕がなかったことと、夜勤のバイトということもあって寮では寝ていることが多く、ほとんど買い物にも出ず、新しく買い足したものなどあまりない。

（むしろ、なにもなさ過ぎて恥ずかしい……。考えてみれば、寮とはいえ、初めての一人暮らしの部屋で、家具を自分好みに揃《そろ》えてみるだとか、本当ならばわくわくするものだったかもしれないな）

改めて、自分には今まで余裕がなかったと思う。今もあまり余裕がある状態だとは言えないけれど。

車の背もたれに寄りかかると、ふかふかな感触に一気に眠気が襲ってきた。

（いくら疲れているとはいえ、まさか花涼院……いいえ、旬さんの隣で寝るなんてことできないわ。私の寝顔なんて見せられない）

ふと顔を上げ、旬の横顔を見つめる。

彼は街を歩けば、モデルにならないかとスカウトの人が集まってくるくらい顔が整っていて、背が高く、体格もいい。中学のとき、女子から熱烈な眼差《まなざ》しを送られていたが、それは彼が花涼院家の跡取りであるから、という理由だけではなかった。彼がごく普通の収入の家庭に生まれたとしても、昼休みには他のクラスから彼を見に来る女子が集まってくるくらい人気だったろう。

契約とはいえ、まさかこれから彼の婚約者になるとは信じられなかった。それも、今まで邪魔だとしか思っていなかった特殊な能力のおかげで。

これから自分はどうなってしまうのか。

不安な気持ちでいっぱいだったが、疲れからか、気がつけばすっかり寝入ってしまっていたようだ。

身体《からだ》が揺れているような気がしてはっと気付くと、至近距離に旬の顔があるのが見えた。しかも、下から彼の顔を見上げるような形だ。

「わわっ！　ちょっと、下ろしてくださいよぉ！」

咄嗟《とっさ》にそう叫んでしまった。

旬が咲菜を抱き上げて運んでいるところだったのだ。

「なんだ、起きたのか？　すっかり寝入っているから、部屋まで運んでやろうと思って」

「い、いえ！　結構です！　もう起きましたし、ひとりで歩けます」

旬はなんだかつまらなそうな顔をしながら、咲菜を下ろしてくれた。

もしかしてからかっているのだろうか、と思うと悔しかったが、息を思いっきり吸って気持ちを落ち着かせ、改めて周囲を見た。

これが花涼院家の邸宅なのか。

車で一時間ほど、と言っていたから、恐らくは都内だと思うのだが、都内にこんな大きな邸宅を構えられるなんて。

まるで高級ホテルのエントランスのようだった。車寄せがあり、車を迎えるためのドアマンが居た。そして深夜だというのに皓々《こうこう》と明かりが灯《とも》されている。旬が戻ったからなのか、邸宅の中から十人ほどの人が出てきていた。

「お帰りなさいませ、旬様」

出てきた人の中で一番年嵩《としかさ》の男性がそう言って一礼すると、他の人もそれに合わせて腰を折った。男性も女性も皆、同じ黒いスーツ姿だった。

「それで……その方が？」

そう言いつつ、咲菜へと視線を向けてきた。

急にやって来て、旬の花嫁になろうなんて図々《ずうずう》しい話だ。きっと邪険にされるに決まっている、と恐れた。

「ああ、そうだ。西島咲菜、俺の妻になる女性だ」

旬はそう言いつつ咲菜の肩に手を置いた。

(そっ、そんなはっきりと！　ここは、もうちょっとごまかしつつ、後でゆっくりと説明すればいいのに)

見知らぬ人達に囲まれて、咲菜は戸惑って身を縮ませるばかりだった。罪の花は見えなくなっていたから今までのような怖《おそ》れはなかったが、多くの人の視線にさらされ、緊張してしまった。

「そうですか、話は聞いておりましたが、この方が、旬様が追い求めていた、まことの花嫁様なのですね」

「ああ、そうだな」

旬は頷《うなず》き、咲菜を使用人らしき人達の方へと押し出した。

「今日はもう遅い。部屋を準備してやってくれないか？」

「かしこまりました」

使用人たちは一斉に頭を下げた。

そうしてまだまだ戸惑いの中にある咲菜の前へと、若い女性が進み出てきた。

「私がお部屋へとご案内します。こちらにいらしてください」

「えっ、ええ……」

旬の方を見てから、言われる通り彼女に付いていった。

玄関から邸宅の中に入るといくつかのソファが点在しており、まるでホテルのロビーのようになっていた。そこには高価そうな置物や壺《つぼ》が置いてあった。たぶん、これひとつは自分が一年で稼げるお金よりずっと高いのだろうな、などと、品のないことを考えつつ、咲菜は案内されるがままに玄関ホールから長い廊下を歩いて行った。

「お疲れでしょう？　お風呂をお使いになりますか？」

「えっ、ええ、お願いします」

「他になにか必要なものはありますか？　なんでもお申し付けください」

優しい言葉に、今まで張り詰めていた気持ちが解《ほど》けていくような感覚となった。

「大丈夫です。お風呂に入って、今日はゆっくり休みたいと思います」

「かしこまりました」

それからもしばらく歩き続け、とある部屋の前にたどり着いた。

「こちらのお部屋をお使いください。不足ないように調えておりますが、なにかご不満がありましたらおっしゃってください。すぐに変えさせますので」

そうして案内されたのは、寮の部屋よりも、実家の部屋よりもずっと広い、二十畳ほどの部屋だった。手前にソファと大型テレビがあり、仕切りの向こうに大きなベッドが備えてある。これで不満があるなんて、とんでもないと思える部屋だった。

「こちらはウォークインクローゼットになっております。必要最低限のお召し物は用意しておりますので、お好きにお使いください」

「あっ、ありがとうございます。助かります」

咲菜が言うと、女性は微笑《ほほえ》んで、今度は風呂に案内してくれた。

洗面台が三台もある広い脱衣所に、磨《す》りガラスの引き戸があった。洗面台には髪の毛一本落ちてなく、大きな鏡も曇りひとつなく磨き上げられている。

「タオルはこちらに用意したものをお使いください。着替えは咲菜様がお風呂に入られている間に準備いたします。それでは、ごゆっくり」

そうして女性は出て行き、咲菜は広い脱衣所にひとり残された。

ぼんやりとしながら服を脱ぎ、湯船に浸《つ》かるとどっと疲れが出てきた。

(檜風呂《ひのき》……確か、本家のお風呂も檜風呂だったなあ。でも、本家のよりずっと広い。足が伸ばせるー、泳ぐこともできそう)

どうして自分はここにいるのだろうか、とぼんやり考える。本当は自分はあのビルの屋上から飛び降りていて、意識を失い、夢の中にいるのではないかと疑った。

考えてみれば、それ以外にこの状況は考えられなかった。偶然現れたかつての中学の先輩。しかも、ほぼ話したことなんてなかったのにご飯を奢《おご》ってくれて、咲菜のような能力を持っている者を探していたと言い、契約結婚を持ちかけられた。下手なドラマでもこうはいかない。

（夢……ある日颯爽《さっそう》とイケメンが現れて……なんて。私って結構夢見がちだったんだな。今まで現実が厳しすぎたことの反動かな）

夢でもなんでもいい。今はこの贅沢《ぜいたく》な時間に浸ろうとしたが、そのまま寝てしまったらしく、顔が湯につかって溺れそうになった。慌てて起き上がり、これはいけないと一旦湯船から出て、洗い場で身体と髪を洗った。

風呂から上がると先ほどの女性が用意してくれたのだろう、シルクの真新しい寝間着が置かれていた。それに袖を通し、ドライヤーで髪を乾かし、部屋へ戻ると、咲菜はベッドに倒れ込むようにして横たわった。

（ふわふわ……本当に夢みたい）

実家ではスプリングがガタガタになったベッドで寝ていて、会社の寮では硬い床に薄い布団を敷いて……と一瞬思い出したが、せっかく今は夢の中にいるのだから、そんなことはすぐに忘れようと頭から追いやった。

このまま夢が続けばいいと思って布団を被《かぶ》ると、一分もしないうちに深い眠りについた。

第二章　目覚めても夢の中

昨夜は深夜二時過ぎに就寝し、起きたらきっと六畳の狭い部屋なのだろうな、と覚悟していたが、目覚めてもふかふかの広いベッドで寝ていた。朝の心地よい日差しが大きな窓から入り込んでいた。

「……お目覚めですか、咲菜《さきな》様」

ベッドから起き上がり、着替えようかとごそごそしていたら昨日の女性がやって来てそう告げた。あまりにもタイミングがよかったので、もしかして部屋に監視カメラでも仕掛けられているのかと疑ったくらいだ。

「すぐに朝食の準備をさせますので、しばらくお待ちください。その間にお着替えをお済ませいただければ」

そう言って部屋から立ち去ろうとした女性に背後から声をかけた。

「あの……あなたのことはなんとお呼びしたらよいですか？　私の世話をしてくださるようなことを言っていましたが」

「ええ、私がこれから咲菜様の身の回りのお世話をさせていただきます。水川《みずかわ》、とお呼びくださいね」

「はい、なにかありましたら、なんなりとお申し付けください」

「水川……さん」

水川は丁寧に頭を下げ、今度こそ部屋を出て行った。

クローゼットを開けると、昨夜言われたように若い女性が着るような服が用意されていた。花涼院《かりょういん》家ではなにかのときのために、こんなものが準備されているのだろうか、と疑問に思いつつその服を見るが、淡い水色やピンクのワンピース、ひらひらとしたレースのトップスに白いタイトスカートといった、どれも咲菜が着慣れないものだった。

どうしようか、と思ってふと見ると、ソファの上に昨日咲菜が着ていた黒いパーカーとデニムパンツが畳まれた状態で置いてあった。しかも洗濯されているようだ。いつの間に……と思いつつ、それに着替えた。

それから洗面所で顔を洗って髪を整えていると、水川がやって来て朝食の準備ができた旨を伝えてきた。いつものように髪をひとつに結わえてメガネをかけ、彼女の案内で食堂へとやって来た。

ここが個人の邸宅の食事場所だとは思えない、正に食堂であった。大きな黒大理石のテーブルがあり、そこに椅子が十脚あった。

そして、誰かが座っていた。度の合わないメガネでよくよく見ると、それは旬《しゅん》だった。

タブレットを見ていたようだが、咲菜に気付いてかタブレットをテーブルに置いた。

「おはよう。昨日はよく眠れたか？」

よく通るバリトンの声に、これが夢でないと実感する。

胸元をはだけた白いワイシャツが目に入る。朝から爽やかだな、と眩《まぶ》しく思う。

「はい、おかげさまで……と、もしかして、私が起きてくるのを待っていたんですか？」

「婚約者なんだ、朝食を一緒に食べるのが普通だろう？」

「普通……でしょうか？」

契約結婚なのに、という言葉は呑《の》み込み、咲菜は旬の向かいに腰掛けた。するとすぐに使用人たちがやって来て、咲菜の前に朝食を並べていく。

レタスにボイルされたオクラと薄くスライスされた赤カブとニンジンのサラダ、ロールパンにクロワッサン、トマトソースがかかったオムレツにコーンスープが置かれた。どこの高級ホテルの朝食か、というようなメニューだった。花涼院家では、毎日こんな朝食を食べているのだろうか。

「うちの朝食はいつもこんなものだ。和食の方がよかったか？」

「いえいえ、そんな。いただけるだけで充分なのに、こんな素敵な朝食で嬉《うれ》しいです」

そうして出された料理をありがたく食べ始めた。どれも美味《おい》しい……のだが、目前に座る旬のことが気になって食事に集中できなかった。契約、とはいえ、自分を婚約者にしていいのかと思ってしまう。どう考えても、自分は旬には不釣り合いだ。恥をかかせてしまうのではないか、と恐れる。

「……君はもう、そんなメガネをかける必要はないのではないか？」

食後に出された紅茶を飲んでいるとき、旬が咲菜の顔を覗《のぞ》き込んできた。

「度が合っていないだろう？　周りが見えづらいのではないか？」

「そ、それはそうなのですが。ずっとこれをかけてきたので、いきなり外すのは……」

旬がくれた勾玉《まがたま》のおかげで、人の背後に罪の花が見えることはなくなっていたが、それでもなにかの弾みで見えてしまうのではないかと怖れて、顔を上げられない。長年染みついた癖もあり、それを急に変えることはできなそうだ。

「それにしてもどうして私にはこんな不思議な能力があるのでしょうか……西島《にしじま》家本家の血、とのことですが」

咲菜が自分の能力にはっきりと気付いたのは小学五年生のときだ。

それまでも人の背後に花を見ていた。しかしそれは、誰にでも見えるものだと思っていた。そして無邪気に『おばちゃんの花はひまわりなんだね、綺麗《きれい》』などと言っていた。相手はそう言われて悪い気はしないだろうし、子供の言うことだからと軽く受け止めていただろう。ひまわりは虚言の罪を持つ人が咲かせる花だったというのに。

母は、咲菜の能力に薄々気付いていたようだ。『お花の話は人にはしないようにしようね。お花が嫌いな人もいるから』と咲菜に告げた。咲菜は小さな頃から花が好きだったので、花が嫌いな人がいるのかと驚いたが、母が言うのだから間違いないだろうと受け止めていた。

その花の意味を知っていったのは、同じ種類の花が咲いている人に共通点があると気付いてからだ。裏切り、嘘《うそ》つき、暴行……花の意味を知って、最初は人がどんな罪を抱えているのか覗き見するような優越感を覚えていた。しかし、成長するにつれてだんだん人を見るのが恐《こわ》くなり、中学に入ったときには度の合わないメガネをするようになった。

「西島家の本家には代々、君のような能力を持つ者が生まれている。それは西島家当主家族の中でもほんの一部にだけ口伝されていることで、西島家の人間であっても知らなくて当然だ」

それを旬が知っているのを不思議に思うが、花涼院家では代々、不思議な能力を持つ者を一族に取り入れているという。そういう情報には詳しいと言われれば、そのようなものかと思う。

「本家……私は分家の人間ですが、なにかの拍子にその能力が受け継がれてしまったのでしょうか……」

「いや」

旬は飲んでいた珈琲《コーヒー》のカップをテーブルに置いた。

「君は恐らく本家の人間だ」

「え？　なにを言っているんですか？　私の父は当主の弟で……」

「君は、君の父親の子ではない。恐らくは、西島家現当主の西島真吾《しんご》の子であろう」

咲菜は口をぽかんと開けたまま、なにも言えなくなった。

西島真吾は伯父にあたるが、咲菜はほとんど口も利いたことがない。彼は西島家ではかなりの力を持っていて、咲菜の父でも敬語で話すほどだった。当主とその弟はずいぶんと違うな、と、父を少々不憫《ふびん》に思ったものだ。

「いえいえ、まさかそんな」

「君の母親と、西島真吾とはかつて恋人同士であったと聞いたことはないのか？　恐らく、結婚後も関係が続いていたのだろう」

旬はさらりと言うが、咲菜にとってはとんでもないことだった。

自分が父以外の子であるとは、まるで考えたことがなかったし、まさか母が父を裏切って不義の子を身ごもったとは、想像できないことだった。

「信じたくないだろうが、君にその能力が発現していることが何よりの証拠だ」

「そう……なのでしょうか」

「君は本家に生まれていたら、その能力ゆえに、周囲からは一目置かれる存在になっただろうな。分家で受けたような、酷《ひど》い仕打ちはされなかったかもしれない」

「それは……父が知るところになるのでしょうか？」

「いずれ知られるかもしれないが、こちらからはなにも言うつもりはない。俺の嫁になる人が能力持ちだとは、公には明かさない。こちらも花涼院家の一部の者だけが知る秘密だからな」

秘密を持った者同士の契約結婚ということか、と咲菜はまたキツネにつままれたような、とうてい現実とは信じられないような思いになった。

「さて、朝食が済んだならば、さっさと行動するとしよう」

「行動……とはなんですか？」

戸惑う咲菜に、旬は不敵な笑みを向けた。

「まずは両親に君を引き合わせないといけない。親戚達にも報告して、それから今の婚約者と婚約破棄の話し合いをする」

「えぇ？　ご両親に引き合わせるんですか？　私なんかを……」

洗濯してもらったとはいえ、咲菜は地味なパーカーとデニムパンツ姿である。こんな邸宅にこんな格好で、ただでさえ恥ずかしい。しかも髪はひとつにまとめてゴムで結わえているだけで、肌の手入れもあまりしておらず、健康状態の悪さからか生え際と口元にはニキビがあった。こんな者が、畏れ多くも花涼院家の当主と対面できない。

だが、よくよく考えれば、旬は咲菜が特殊な能力を持っているから妻にしたいと言うのだ。見た目も、学歴や教養などもなにも関係ないだろう。そう思うと少々気が楽になった。

「どうした？　嫌なのか？」

「嫌というか……うぅん、でもその前に少し準備させてください。さすがにこの服で会うのは気が引けます」

「俺はどんな服を着ていても気にしないがな。君は君だ」

「え……？」

　思わず胸が弾み、顔を赤らめてしまったが、よくよく考えたらこれは契約結婚であり、咲菜は能力を持っているだけが取り柄の、偽りの花嫁なのである。その者がどのようであっても、旬は興味がない、ということなのだろう。

「隆彦《たかひこ》さんは仕事で海外にいて、弓子《ゆみこ》さんも静養のために海外にいる」

　その、隆彦さんというのが旬の父親で、弓子さんというのが旬の母親なのだろう。どうやら花涼院家では、その続柄で人を呼ぶことはしないようだ。

「弓子さんはしばらく戻らない予定だが、隆彦さんは明後日《あさって》には戻る。それまでに支度をすればいい。君の社員寮から荷物も運ばせよう。なにか足りないものがあったら水川に言え。君付きの侍女だ。信頼できる者だ」

「はい、そうします」

　そうしてその翌々日、旬の父に会うことになった。

「……なるほど、君が『まことの花嫁』というわけか。話に聞いていたのとかなりイメージが違うな」

旬の父親、花涼院隆彦は旬と似て鼻筋が通った整った顔をしていて、とても若く見えたが、なんともいえない威圧感があった。話す言葉にも重みがあり、つい背筋が伸びてしまう。

＊

夕食を共にする、と聞いていたので花涼院家の食堂でかと思っていたが違った。花涼院家には離れがあり、そこに会食室があった。特別な来賓があったときに使われる場所だ、とここに来る途中で旬に聞いた。それは咲菜を特別扱いしてくれている、という響きがあったが、嬉しいと思うより畏れ多くて緊張してしまった。

会食室は六人掛けのテーブルが中央に置かれている、広い部屋だった。壁には恐らくは有名画家のものだろう風景画が飾られていた。隣にすぐ厨房《ちゅうぼう》があり、そこから料理が運ばれてくる。今日の料理は都内の三つ星レストランのシェフが務めると夕食が始まる前に挨拶があった。

「イメージが違う……そうですよね、すみません」

なぜか咲菜は謝ってしまった。

今日は初めて旬の父親に会うのだから、と水川に髪を結い上げてもらっていた。昨日は美容師が花涼院家にやって来て、咲菜の髪を切ってくれた。毛量を減らして前髪を切って、もっと明るい雰囲気にした方がいい、と言われたが、咲菜は決心がつかず、とりあえずみっともなくないくらいに切ってくれたらいいと言い、前髪の長さもそう変わっていない。色を入れた方がいいと言われたが、保留にしてしまった。

淡いピンクのワンピースを着て、ヒールの高い靴を履いていたが、まるで服に着られているようで、自分に似合っていないと感じた。しかし、以前よりはずいぶんマシではある。

「いや、悪い意味ではないんだ。特別な能力を持っていると聞いたから、もっと霊能者のような女性かと思ってね」

「そういうことですか。失礼しました」

そんな気を遣わせてしまうことも申し訳なく思ってしまう。

「どう見ても普通の女性だな。本当に罪が見える能力が？」

隆彦はワイングラスを持ちながら、興味津々、というように聞いてくる。そう言われても、まさかここでその能力を見せるというわけにはいかない。

「今は、この勾玉の力で封じてもらっています」

咲菜は左手首のブレスレットに触れた。

紫水晶の勾玉はそのまま持ち歩くには不便なので、赤い紐《ひも》をつけてブレスレットに加工してもらっていた。若い女性がつけていても違和感がないものをと、透明な水晶と紅水晶の小さな玉もつけてくれた。これも花涼院家おかかえの宝飾業者の人が家までやって来て作ってくれた。さすがは財閥家である、わざわざ外出せずとも向こうから来てくれるのだと驚く。

「その能力が本物であることは、俺が確認済みです」

咲菜の隣に座っている旬が、はっきりと言い切る。

「それとも、試してみますか？　隆彦さんが今まで犯した罪を見事に当ててみせますよ。さて、どんな罪が出てくるか……」

旬が挑戦的な表情で言うと、隆彦は肩をすくめた。

「なるほど、やめておこう。息子の前で醜態をさらすことになりかねない」

「それがいいと思います」

旬はふっと笑って、グラスのワインを飲み干した。

「これで鈴宮《すずみや》家との婚約は破棄してくれますか？　能力者との結婚は、なにより優先されるはずです」

「ああ、そうだな。まことの花嫁が現れた以上、婚約は破棄せざるを得ないだろうな。先方には申し訳ないが、私から話をしよう」

「ええ、お願いします」

「しかし、向こうはごねるだろうな。どう理由をつけて説明するか。能力者との結婚がなにより優先されるという、当家の事情を話すわけにもいかないからな」

「そのあたりは、隆彦さんにお任せしますよ」

旬はまるで動じるような様子もなくそう言い切った。

「まあ、なんとかしよう。まことの花嫁を得られるならば、財産のほとんどをなげうってもいいくらいだ」

隆彦は咲菜の方へと視線を向けた。

咲菜は失礼だと分かっていても、視線を下げてしまう。

これは……本当に契約結婚だけで済む話なのだろうかと心配になってしまった。それほど、まことの花嫁とは花涼院家にとっては重要な存在ということだろう。

不安に駆られた咲菜が旬に視線を向けると、彼はそれを受け流してしまった。

「ところで、弓子さんと拓真《たくま》は？　しばらく戻れないのですか？」

そして唐突に話題を変えてしまう。これ以上、この話はしたくないということだろうか。

「ああ、連絡はしたが、まだしばらくは戻れないということだ。弓子の調子があまりよくないようでな」

「そうですか」

旬はさして気にもしていないというふうに言って、手元のベルで給仕を呼んで空のグラスにワインを注がせた。

（拓真、というのは旬さんの弟かなにかかしら？　一緒に海外にいるのね。それから……お母さんはしばらく戻れないというけれど）

結婚については旬の母親が反対するのでは、と勝手に思っていた。名がある家との婚約を破棄してそんな貧乏くさくて根暗な女性と結婚していいの、だとかいう反対があるかと思っていたがそんな様子はないようだ。

だいたいの話が終わったところで、隆彦がベルを鳴らし、料理を運ぶようにと指示した。するとテーブルには次々と料理が運ばれてきた。

高級な料理を食べ慣れない咲菜でも分かる、大切なお客様をもてなすための、最高の食材を使った最高の料理だった。

まずは先付けとして小さな器に一口で食べられるような料理がもられた、彩り豊かでかわいらしいプレートが運ばれてきた。里芋の田楽に胡麻《ごま》豆腐、ゆずの皮が入ったもずく酢に蛍烏賊《ほたるいか》の酢漬け。どれから食べていいのか迷ってしまう。

それから、お凌《しの》ぎとして小ぶりの椀《わん》に冷えた蕎麦《そば》に細切りのネギとミョウガ、イクラがのったものが運ばれてきた。椀物として鱧牡丹《はもぼたん》のお吸いものが続き、薄味の温かい出汁《だし》が、ほっとした気持ちにさせてくれた。

（私は……契約結婚なんだけれど、こんなに歓待されていいのかしら？）

もしそれが露見したとき、隆彦に酷《ひど》く軽蔑されてしまうだろうと畏れ、せっかくの料理もあまり味が分からなかった。

「ところで、できるだけ早めに婚約披露のパーティーをやろうと考えているのですが」

不意に旬が言い出し、そんなことを聞いていなかった咲菜は驚いて箸を落としそうになってしまった。

「鈴宮家との婚約破棄の話し合いも始まっていないのに、気が早いな」

「早く俺の花嫁を披露したいんです。誰も手出しができないように」

その言葉に咲菜の胸はぽんっと跳ねた。

（い、いやだ。私との結婚は偽りなのだから、本心でそう言ってるわけではないのに）

少し冷静になり、恐らくはこちらが早く婚約を周囲に知らしめることによって、今の婚約者が早く恋人と結婚できるようにとの配慮なのだろうと考えついた。それ以外にない。

「そうか、分かった。お前はもう何年もまことの花嫁を探していたからな。ようやく婚約までこぎつけることができて、嬉《うれ》しいのだろう」

「そうですね、嬉しいです」

旬がそう言うと、隆彦は意外そうに目を瞠《みは》った。

「お前がそう素直に喜びを口にするとは珍しいな。いつもクールぶっているというのに」

「そう茶化さないでください」

「なるほど、まことの花嫁とは恋仲ということか。花涼院家にとってもこれほど喜ばしいことはない。なあ、咲菜さん」

（それは大いなる誤解だと思いますが……）

咲菜は苦笑いで頷《うなず》いて、お吸いものに口をつけた。

それからふたりは、婚約披露パーティーの話を進めていった。誰を招待するか、時期はいつにするか、会場は、というような具体的な話である。咲菜もかかわっているはずだが、まるで蚊帳の外だった。だが、偽りの婚約披露パーティーに特に思い入れなどなく、かえってふたりで決めてくれるなら助かったという気持ちだった。

（ところで、鈴宮ってどこかで聞いたことがあるのだけれど、誰のことだったかしら？）

そんな明後日《あさって》の方を向いて考えているうちに、夕食は終わった。

＊

婚約披露パーティーはひと月後ということになったようだった。

かなり急だ、と咲菜は思ったが、旬のたっての願いで準備が急ピッチで行われているとのことだった。

来週には衣装合わせが行われるとの予定が知らされた。デザイナーがやって来て、咲菜にあったドレスを選んでくれるそうだ。世界的に有名なデザイナーで、こんな急な予定に合わせられるとは奇跡的だと言われた。

「それほど、咲菜様が旬様に愛されているということですね。方々手を尽くしたそうですよ」

水川は咲菜の髪を梳《と》かしながらそんなことを言う。

朝は六時に起床し、着替えをしてから水川に髪を整えてもらって、七時に朝食を食べて、というのが、花涼院家に来てからのこの一週間で習慣になった。

「私は着る物にそんなこだわりがある方ではないので、世界的なデザイナーのドレスなんてもったいないわ」

「花涼院家の花嫁になるのですから、その辺りは仕方がないと諦めていただいた方がいいかもしれません。なんでも一流でないといけないのです」

その考えは理解できた。なににしても『さすが花涼院家』と言われないといけない重圧はもちろんあるのだろう。

（どう考えても私は花涼院家に相応《ふさわ》しくない。それは最初から分かっていたけれど）

だからといって、今、やはり契約結婚の話はなかったことに、と言ってこの邸宅を出て行く勇気は咲菜にはなかった。

衣食住に不自由しない生活がこんなに素晴らしいとは。

しかも、咲菜がなにか失敗しても罵るような人はここにはいない。西島家に居たときには、咲菜がうっかり手を滑らせてシンクの中の皿を割ってしまうと、なんて愚図なのだと叱責され、その日の夕食は抜きにされた。掃除に疲れて少し庭先で休んでいたら、なにをサボっているのかと家中の床磨きを言いつけられた。

昨日、咲菜がコップを倒して水をこぼしたときに、まずかけられた言葉は『お洋服を濡《ぬ》らしてしまっておりませんか？　すぐに着替えをお持ちしましょう』だった。咲菜はそれだけで感激してしまった。食後に庭を見つめてぼんやり過ごしていたら『紅茶でもお持ちしますか？』と気遣われた。

咲菜の寮にあったものは、既に部屋に全て持ってきてもらっていた。花涼院家で用意されていたものと比べると、全てゴミではないかと思えるものだったので恥ずかしくて、処分した方がいいかと聞くと『なにか思い入れがあるものではないのですか？　無理に処分せずに、しばらくとっておかれては？』と言われた。確かに、それは他の人から見ると価値のないものかもしれなかったが、どれも思い入れがあって実家から持ってきたものだったから、とても嬉しかった。

贅沢《ぜいたく》な生活をできる、ということ以上に、周囲にいる人たちの気遣いが嬉しいのだ。こんなに優しくされたことは今までなかった。だが、それに甘えて、本来居るべきところでない場所に留まっていいのかと考えてしまう。

「あの、まさか旬様との婚約を後悔していませんよね？」

「え？　いえいえ、そんなまさか！」

「そうですか。でしたらよろしいのですが」

そうして水川は咲菜の髪を丁寧に梳かしていく。

この一週間で分かったが、水川はかなり鋭い。こちらの心が読めるのではないかと思うほどだ。

「あの、この部屋のことですが、ここはどういう部屋なんですか？　もしかして、旬さんの婚約者……鈴宮さん？　のために用意されていた部屋を、私が乗っ取ったということなんでしょうか？」

実はここに来てからずっと気になっていた。

インテリアといい、クローゼットに用意されていたものといい、若い女性のために準備されていたものとしか思えなかったからだ。

「乗っ取ったなんて、そんなことはありません。ただ、私たちはいつか旬様が連れて来る花嫁のために部屋を用意しておくようにと言われて、そうしていただけです。それが婚約されていた、鈴宮様ではないことは、薄々気づいておりました……」

「そんなあやふやなことで、いつ誰がやって来るか分からないこの部屋を維持してきたんですか?」

「ええ、そうですね。……旬様のご命令でしたので」

それをなんとも思っていないような言い方だ。花涼院家ではそれが普通のようだ。

朝、支度を整えてから食堂に行き、そこに旬がいるときもあったし、不在のときもあった。旬の両親には、別の食堂があるとのことだった。

その日は旬と一緒に朝食を食べて、彼はこれから人に会う約束があるからと早めに食堂から出て行ってしまった。

朝食を済ませた後、咲菜は散歩のためにひとり庭へと出た。

花涼院家の裏庭には季節の素晴らしい花々が咲いていて、そこを散歩するのがここへ来てからの楽しみだった。

人の背後に咲いている禍々《まがまが》しい花ではなく、太陽の光を浴びて輝いている美しい花々だ。今は夏の初めで、あじさいもまだ美しく咲いていた。紫やピンクのかわいらしい花を見て歩いていると、

「どういうことですか! 来年の春には結婚するって決まっていたじゃないですか! 私、そのために準備をして、進学もせずにいたんですよ?」

そんな女性の大声が聞こえてきて、咲菜は足を止めた。

どこから聞こえてくるのだろう、と見ると、離れの方からだった。周囲を見回してから、

そちらへと近づいていく。

「こんなこと、とても承知できません！　せめて納得がいく説明をしてください！」

そう取り乱す女性の背中が見えて、その向かいに立つ旬の姿があった。それに驚いて、咲菜は物陰に身を潜めた。

こんな盗み聞きみたいなこと、と気が咎《とが》めたが、それ以上に女性の言っていることが気になって仕方がなかった。

「説明もなにも、君の父親から聞いていないのか」

厳しい口調に、まるで自分が冷たい対応をされているような気になって背筋が寒くなった。

「聞きましたが、納得できなかったのでここまで来たのです。それに、旬様の口から直接聞きたいのです。私と婚約破棄するとはどういうことなのですか？」

その言葉を聞いて、咲菜は首を傾《かし》げてしまう。

旬からは、自分の婚約者には恋人がいて、旬との結婚は望んでいない。だからこちらから婚約破棄してやりたい、みたいに言われていた。

「理由などひとつだ。君は俺が結婚するには相応しくないからだ」

旬は容赦なくばっさりと斬り捨てる。

そこまで言うことはないのではないかと、咲菜はやきもきしてしまう。

「どうしてですか？　私はこれまでずっと、旬様の妻として相応しくなるために努力してきました。旬様の妻として学業をおろそかにできない、と学年一位を目指してきました。見た目も磨いてきましたし、もちろん内面も磨いてきました。お花にお茶に書道に長刀に……毎日のようにお稽古に通って……」

「そんなこと、こちらからは頼んでいないだろう？」

「そんな、酷《ひど》いです！　私は、あなたなしの人生なんて考えられない！」

そう言って顔を両手で覆って、嗚咽《おえつ》を漏らし始めた。

咲菜はこのやりとりを理解できず、ひたすら頭の中に疑問符が回っていた。

彼女に恋人がいることは、もしかして秘密なのだろうか。彼女は旬にそれが露見しているとは思っておらず、実は婚約破棄されて嬉しくて仕方がないのに、周囲を偽るためにこうしてわざわざやって来たのだろうか。

いやしかし、彼女が演技をしているとはとても思えない。突然婚約破棄をされて、ショックで嘆いているようにしか見えない。もしこれを演技でやっているならば、世界的に活躍できる天才役者であろう。

「……そういうのは他でやってくれないか？　鬱陶しい」

そして、彼女に対する旬の言葉は辛辣すぎる。

旬は、彼女の幸せを考えて、咲菜と契約結婚するのではなかったのか？　ここにも世界的な天才役者がいるのだろうか？

「そんな、酷いです旬様。将来を誓い合った仲だというのに」

「そんな覚えはない、君は親が勝手に決めた婚約者に過ぎない。変な誤解をされかねない言葉を口にするのはやめろ。君のそういうところが苦手だ」

「そ、そんな……それはあまりにも惨《むご》いお言葉ではないですか……？」

「用事はもう済んだか？　俺は忙しいんだ。さっさと帰ってくれ」

旬は冷たく言って、振り向きもせずに歩いて行ってしまった。

呆然《ぼうぜん》とそれを見送る元婚約者の女性。

呆然としているのは、咲菜も同様であった。わざと未練を残させないために冷たい態度を取っている？　そう考えられなくもなかったが、果たしてそうだろうか、そうは見えなかったけれど、と疑念が浮かぶ。

そして元婚約者の女性はしばらくその場で佇《たたず》んだ後、涙を拭って歩き出し……しかしすぐにまた悲しみの波がやって来たのか立ち止まり、しくしくと泣き始めた。

咲菜はどうしたらいいか迷った。

出て行って慰めたらいいのだろうか。だが、自分の立場を考えるとできなかった。

そうして様子を窺《うかが》っていると、ようやく泣き止《や》んで顔を上げた彼女の顔が見えた。

そうだ、鈴宮とは聞き覚えがあったはずだ。鈴宮鞠子《まりこ》、姉の友人である。

友人というより、姉が『鞠子様』と呼んで慕っていた人だ。何度か鞠子様と撮った写真を自慢げに見せられたことがあった。良家のお嬢様で、生徒会の副会長をしていると言っていた。姉は、鞠子様の家で開催されるお誕生日会だとかクリスマスパーティーだとかに招待されるとそのたびにワンピースを新調して、嬉《うれ》しそうに出掛けていった。

そんな人が泣いているところに出会《でくわ》して……しかも泣いている原因は咲菜であり、と思うととても出て行くことはできず、咲菜はそっとその場を離れようとしたのだが、

「……誰！」

鋭い声が飛んできて振り向くと、泣き顔の鞠子が咲菜のことをじっと見ていた。

「あのぅ、すみません。すぐに向こうに行きますので」

そう言って頭を下げ、立ち去ろうとしたがそうはいかないようだった。

「もしかして、立ち聞きをしていたの？」

鞠子が鋭く迫ってくる。

「いえ、そんなつもりはないです。私はたまたま通りかかっただけで……」

「というか、あなたは誰？　格好からして花涼院家の使用人ではないでしょう？　花涼院家の親戚、にも見えないわね」

そう言われて、咲菜は困ってしまう。

まさか、旬の新しい婚約者、だとはとても言えない雰囲気だ。なんと誤魔化せばいいか

と迷ってしまっていると、

「ああ……ここで働いている人の関係者だとか？」

「えっ、ええ、そのようなものです。特別に邸内を歩く許可をいただきまして」

「ああ、そうだったのね」

鞠子は腕を組み、くいっと顎を上げて咲菜を見下ろした。もう涙はすっかり引っ込んだようだ。

「ところで……なにか見た？」

「え……なにか、とは？」

「私は、旬様と将来について冷静に話し合っていたの。ええ、あくまでも冷静に、ね。取り乱してなんていないわ」

涙で目を腫らしながらも堂々とそう言い切り、じろりと咲菜のことを見る。

「ましてや、涙を流していたなんて、そんなことは、ないわ」

涙を流すどころか号泣、と言っていいほどだったのに、鞠子はあくまでも強気だ。

「ええ、そうですね。あくまでも冷静に、それはもう冷静に、お話し合いをなさっていました。ですから、たまたまこちらを通りかかった私は、おふたりの声などまるで聞き取れなかったです。泣いていたですって？　とんでもない！」

「ええ、もちろんそうよね？」

「ええ、もちろんです」

咲菜は空々しくそう言っておいた。長年、義母と姉にいじめられていたため、どう言えばこちらの被害が少ないのか、その辺りは心得ている。

「そう、分かっているじゃない」

鞠子は満足そうに微笑《ほほえ》んだ。

ああなるほど、これが姉が言っていた鞠子スマイルかと思った。見る者全てを虜《とりこ》にする、鞠子スマイル。こんな美しい人に微笑まれたら、誰でも魅了されると納得した。

「では、私はこれで失礼いたします」

咲菜は一礼して、そそくさとその場から立ち去った。

そうして歩きながら、じっと考え込んでいた。

(どういうことなの……？　なにか変な気がする)

旬に直接確認しようと部屋に戻り、水川に旬はどこに居るのかと聞いたのだが、

「旬様は本日はお出掛けになり、お帰りは夜遅いとのことでした。夕食は、咲菜様おひとりで、とのことです」

「え……？　そうなの？」

今すぐにでも確認したかったのに、膨らんでいた気持ちがしぼんでいった。

しかし、やはり気になって仕方がない。水川ならばなにか知っているだろうか、と咲菜

は話を切り出した。

「あの……先ほど鞠子さんを見かけました」

咲菜が言うと、水川は困ったような表情になった。

「鞠子さんは旬さんの婚約者だったんですよね？　この家にも頻繁に来られていたんですか？」

「ええ、そうですね。旬様の誕生日会ですとか、ご両親の結婚記念日ですとか、なにかしらのイベントがある度に出席されておりました」

「ふたりは、とても仲睦《なかむつ》まじい雰囲気で？」

「そうですね……」

水川は顔を曇らせた。

「鞠子様の方は、旬様のことを慕っているような雰囲気でしたが、旬様はクールに振る舞われていたと言いますか……あくまでも、私の印象ですが」

水川は鋭い人だと、短い付き合いだが分かっている。ならば、ふたりの関係はそのようなものだったのだろう。先ほどの旬の鞠子に対する態度も、相手のためを思ってわざと冷たくしているのかと思ったが、そうではなく、普段からああいう態度だったのだろう。

「私……騙《だま》されたかもしれない」

「騙された、ですか……？」

水川が上目遣いで聞いてくる。

いつもよくしてくれているので忘れそうだが、水川は花涼院家の使用人なのだ。なんでも話すのはよくないかもしれない。

「いえ、なんでもないです……」

そう誤魔化して、今日は疲れているので部屋で過ごすことを伝えた。

水川が部屋から出て行くと、咲菜はパソコンを開いた。

実家から持ってきたパソコンで、もう五年は使っている。姉が使わなくなったものをもらったのだ。外出できなかった咲菜にとって、なにかの情報を得るのはこのパソコンからだった。

花涼院家について検索すると、花涼院グループのホームページが出てきた。そのグループ長として旬の父親、花涼院隆彦の写真が載っていた。

「銀行に証券会社、商社に運搬業、デパート経営にアミューズメントパーク経営。あっ、あの航空会社も花涼院家の経営なんだ。造園業まで。本当に手広く事業を手掛けているのね」

それから、咲菜は自分が在籍していた水陽《すいよう》学園のホームページを見た。高等部のページに歴代の生徒会の写真が載っていて、思ったとおり旬の写真もあった。そして、

「あ……鞠子さんもいるわ」

生徒会メンバーが一堂に会した写真の中央に旬がおり、その隣に鞠子が写っていた。

鞠子は旬に熱い眼差《まなざ》しを送っている。写真を通しても分かる、これはどう考えても旬に気があるようにしか見えない。姉からも、鞠子様には婚約者がいて、その方がとても素敵な方で、鞠子様はその方のためにご自分のことを磨いているの、素晴らしいことだわ、と聞いたことがあった。

鞠子は花涼院家の跡取りとの結婚が破談になった、というより、旬との結婚が破談になったことに衝撃を受けているように思える。

これはどういうことなのか、旬に嘘《うそ》をつかれたのかと咲菜は身体《からだ》の力が抜けていくような感覚に陥った。今、この勾玉《まがたま》を外して見れば、旬の背後には嘘つきのひまわりが咲いているのだろうか。

気分が沈んできたので、これはいけないと咲菜は『お気に入り』に登録されているサイトへと飛んだ。

『フローリストりお』のサイトである。動画配信もしている。花の画像がたくさん載っていて、頻繁に更新もされている。動画配信では、お花屋さんにあるような花だけではなく、山や高原に咲く花の紹介もしてくれている。

静川《しずかわ》莉央《りお》はフラワーアレンジメント作家で、有名なホテルやイベントホールのアレンジメントを担当している。咲菜が通いたいと思っていた専門学校の講師も務めており、後進の教育にも熱心な人である。サイトの中で、フラワーアレンジメントのコツや季節に合った花の選び方などを解説している。引きこもっている間はそれを見て癒やされていた。人の背後に罪の花を見てしまい、一時、道ばたに咲く花すら見るのも嫌になってしまった咲菜が、花には罪はないのだと、また花が好きになれたのは莉央のおかげである。

「あ、莉央先生の特別講演会がある。行きたいけれど、一万円は高いなあ。貯金しなきゃ」

ひとりごちながらパソコンを眺めていると、部屋の扉をノックする音が響いた。応じると、水川が立っていた。

「あの、咲菜様にお客様がお見えなのですが……どうしましょう?」

「お客様? 私に?」

「はい……。旬様も隆彦様もいらっしゃらないので、咲菜様に引き合わせていいものかどうか」

水川は視線が定まらず、なにかを迷っているような仕草をしている。ならば、会わない方がいいのだろうと思いかけたときだった。

「……ああ、あなたが噂《うわさ》の新しい婚約者なのね?」

廊下の向こうから声がした。見ると、紫色のスーツに身を包み、黒いピンヒールを履き、髪を結い上げた女性が歩いてきた。まるでモデルのような気取った歩き方である。

「あのっ、弥生《やよい》様。客間でお待ちくださいとお願いしたはずですが」

水川が弥生と呼ばれた女性を押しとどめようとするが、弥生は水川の肩を押しのけた。勢いで水川は壁に肩を打ち付けてしまう。

「大丈夫ですか？　水川さん」

過去の自分を思い出して声を上げる。実家では咲菜もそんな扱いをされていた。

「使用人の心配なんてしている場合じゃないでしょう？　自分の心配をなさい！」

ぴしゃりと言われて、震え上がってしまう。顎をツンと上げて、自分はあなたより偉いのよ、敬いなさい、と威圧的な雰囲気だ。

咲菜は水川の肩を抱いて、一旦、自分の後ろへと下がらせた。それから、勇気を出して一歩踏み出して、弥生に言う。

「私にご用と聞きましたが、どのようなことでしょうか？」

しかし相手の目をまっすぐに見られず、俯《うつむ》きがちである。

「なに、あなた？　あなた本当に旬さんの婚約者なの？　冗談でしょう？　鞠子さんと比べて優れているところなんて、砂漠でなくした婚約指輪を探すよりも難しいじゃない」

確かに言われる通りであるのでその点については受け入れるが、初対面の人に侮辱されて傷つく。

「あの、失礼ですがあなたは……」

「弥生様は旬様の叔母様です。隆彦様の妹にあたります」

水川が背後からそっと教えてくれる。弥生はふん、と鼻を鳴らす。なんと恐ろしい人が会いに来たものだ。

「鞠子さんに泣きつかれてきたのよ。理由もなく婚約破棄をされてしまって困っている、と。先ほどこちらに来てから聞いたんだけれど、もう新しい婚約者がいて、家で暮らしているというじゃない？　なんてずうずうしい！」

「た、確かにそう言われる通りですが。私は住む家がなくて」

「住む家がない？　そんな人を旬さんはどこで拾ってきたの？　それに」

弥生は口角を引きつらせながら、人差し指で咲菜のメガネを弾いた。

「こんな貧乏くさいメガネをかけて。それにその前髪はなに？　あなたみたいな人が花涼院家の一員になるの？　私、どんな悪夢を見ているのかしら？」

「たっ、確かに私は花涼院家には相応《ふさわ》しくないと自分で思いますが」

「それに、そのおどおどとしたしゃべり方はなんとかならない？　イライラしてくるわ」

弥生は腕を組み、更に続ける。

「私は、旬さんには鞠子さん以上に相応しい女性はいないと思っているわ。鞠子さんはその美しさと佇《たたず》まいに加えて、家柄も申し分ない婚約者だわ。それなのに、もっと旬さんに相応しくなるためにと努力していたわ。そんな方を我が一族に迎え入れられるなんて、こんな素晴らしいことはないと思っていたのに」

弥生は大袈裟《おおげさ》に手を振りつつそう言うと、咲菜のつま先から頭の先までを舐《な》めるように見つめた。

「あなたが我が一族に？　私、恥ずかしくて外を歩けないわ。ねえ？　なんとか言ったらどうなの？」

「え、ええ……」

先ほど、おどおど話すのがイライラすると言われたばかりで、なにを話していいか分からなくなる。

どうしたらいいものか、と焦っていると、

「なにやら騒がしいですね。何事ですか？」

廊下の向こうから凛《りん》とした声が響いてきた。

弥生が驚いたように振り返り、その背中越しに咲菜も声の持ち主を見た。

（え……？　ゴスロリ？）

幻でも見ているのかと思った。

真っ黒なドレスを身に纏《まと》い、ウサギの耳がついた黒い帽子をかぶっていた。編み上げの黒いブーツに手にはステッキを持って、どこかの舞台から飛び出してきたような格好である。しかも、彼女が近づいてくるにつけ、かなりの美少女であることが分かった。恐らく、年は十五か十六といったところだろうか。肌が陶器のように白くなめらかで、黒いアイシャドウとアイラインが映えている。

「薫子《かおるこ》……さん」

今まで横柄な態度をとっていた弥生が怯《ひる》んだ声を出した。

「こんにちは、弥生さん。今日はわざわざ静岡から？」

「か、薫子さんこそ本家からいらっしゃったんですか？」

（え？　ここが本家ではなかったのかしら？）

そんな明後日《あさって》の方を向いて考えながら、ふたりの話に聞き入った。

「ええ。近々大切な催し物があると聞いて、早めに来たのよ。それに、旬さんの花嫁が新たに選ばれたと聞いて、早く会いたくて来てしまったわ。それで」

薫子は弥生を押しのけて、咲菜の前に立った。身長差から、咲菜を見上げる形になる。

「あなたが咲菜さんね？　さすが、旬さんが選んだ方だけあるわ」

そう言ってにっこりと微笑《ほほえ》んで手を差し出してきた。

咲菜は咄嗟《とっさ》にその手を取って握手を交わした。ひんやりと冷たい。

「そうね、弥生さんには分からないのでしょうね。あなたは、人を外見でしか見られないから」

そう言って振り返り、弥生の方を見た。弥生は悔しそうな表情をしている。それを見届けてなのか、薫子は再び咲菜へと身体を向けた。

「急に来て挨拶もなくごめんなさい。私は花涼院薫子です。以後お見知りおきを」

　そう言って丁寧に頭を下げたところを見て、咲菜よりも若いのになんて洗練されているのだろう、と薫子に見とれてしまい、はっと気付いてこちらも頭を下げた。

「こっ、こちらこそ、よろしくお願いいたします……」

「今夜は旬さんは夜遅くまで帰らないと聞いたわ。夕食は咲菜さんがご一緒してくれるのかしら？」

「ええ、私でよければぜひ」

「弥生さんはどうするの？　でも、今日はきっと泊まらずに帰るのよね？」

なにか強要するような響きがあった。弥生はそれに憤ることもなく、素直に応じる。

「え、ええ……。そうさせていただきます。では、私はこれで」

　そう言って、そそくさと退散してしまった。弥生はまるで薫子を恐れているようだった。こんな幼くかわいらしい少女をなぜ、と首を傾《かし》げるばかりだ。

　薫子は弥生のことなどまるで気にする様子はなく、咲菜に言う。

「でも、夕食の前にお茶をいただきたいわ。どう？」

「ええ、もちろんです」

「では、後ほどまたお会いしましょう」

薫子はそう言って軽やかな足取りで歩いて行ってしまった。気付かなかったが、彼女にはお付きがいたようで、廊下の陰から出てきて咲菜に一礼した後、薫子について行く。

咲菜はそれを呆然《ぼうぜん》と見送った後、水川の方を振り向いた。

「水川さん、大丈夫？　怪我《けが》をしていない？」

咲菜が聞くと、水川ははっと一瞬目を見開いた後、目を伏せた。

「大丈夫です、大したことはありません」

「ごんって音がしたから、びっくりしたわ。肩が腫れているのではない？　早く冷やした方がいいと思うけど……」

「え、ええ……。すみません、一旦下がらせていただいてもいいですか？」

「もちろん。痛むようならば、今日はもう休んだ方がいいのではない？」

「お気遣いありがとうございます」

水川はそう言って一礼し、薫子たちが行ったのとは反対方向へと歩いて行った。

なんだかとんでもないことになった、と部屋に引っ込んだ咲菜だったが、間もなく水川ではない、別の女性が来て、薫子とのお茶の準備ができたと告げた。

案内されたのは裏庭を望むテラスだった。

裏庭はちょっとした森のようになっている。森に囲まれたテラスは風が心地よく、素晴らしい場所だった。

アンティーク調の真鍮《しんちゅう》の椅子に腰掛け、白い丸テーブルを挟んで薫子と話していた。

「さっきはごめんなさい。急に姿を現して。でも、弥生さんがすごく怒っていたから、止めないといけないかなと思って」

先ほどとは打って変わって、その年齢に相応しい話し方になっていた。

「いえ、間に入っていただいて助かりました。一方的に言われて、なんと返したら正解なのか分からなくて」

「正解？」

薫子は首を傾げた。

「正解ってなに？　咲菜さんは咲菜さんの思うことを言ったらいいのではないの？」

「ですが、思うことをそのまま言ったら余計に怒らせてしまいそうで」

「正解って、相手を怒らせないための言葉選びをするってこと？」

「ええ、そうですね」

実家に居るときからそうだった。

相手の顔色を窺《うかが》い、どうしたら相手の怒りを静め、その場を上手《うま》く収拾できるかばかりを考えていた。そこに、自分の意思など介在しない。

「なんでも言いたいことを言えばいいと思うけどな。咲菜さんは、旬さんのお嫁さんになるわけだし」

そう言いつつ薫子は湯飲みの茶を飲んだ。

そう、お茶といわれたのでアフタヌーンティーみたいな焼き菓子や紅茶が用意されるのかと思っていたが、違った。用意されたのは羊羹《ようかん》と緑茶だった。

(ゴスロリファッションが好きなのなら、当然のように洋風のものが好きかと思っていたら、そうでもないのね)

その意外性も好ましい。咲菜は羊羹を一口大に切って口に運んだ。とても甘く、弥生や鞠子とのやりとりで今まで張り詰めていた気持ちがほどけていくような心地になった。

「あの、薫子さんは旬さんの妹さんなのですか？」

「ええ、そのようなものね」

(そのようなものって……。どうにもはっきりしないわね)

なにか特別な事情があるのかと勘繰った。たとえば父親が外に作った子だとか。実は隆彦には若くして亡くなった兄がいて、その娘だとか。込み入った事情を想像してしまい、こちらから聞かない方がいいだろうとの結論になった。

「旬さんの花嫁になるのは咲菜さん以外に考えられないのに。弥生さんは知らないのよ、まことの花嫁のことを」

「あの、それは……能力を持った人がなにより優先されるということですか？」

咲菜が恐る恐る聞くと、薫子はゆっくりと頷《うなず》いた。

「そのことは花涼院家でも一部の人しか知らされていないから。知っているのは私と旬さんと、当主くらいかしら？　それから弓子さんは知っているかもしれないわね。使用人たちは、まことの花嫁、という言葉は知っているけれど、それがなにを指すかは知らないのよ」

「なるほど。そのような事情でしたか」

「それにしても、よく見つけたと思うわ、咲菜さんのこと。これで、花涼院家も安泰だわ」

そう言って微笑む薫子を見て、咲菜は嫌な予感しかしなかった。

「でも私……先ほど弥生さんにも言われましたが、とても旬さんには相応しくないです。やはりこの結婚はなかったことに……」

「悔しいとは思わないの！」

薫子は急に大きな声を出して、テーブルを叩《たた》いた。咲菜はびっくりして、両手を胸の前で組んで身を引いてしまう。

「見も知らぬおばさんにあんなふうに言われて！　自分こそ、紫のスーツなんてだっさい。場末のバーのチーママみたいって言い返してやればいいのに」

「あっ、あのぅ……いえでも、私が容姿に恵まれていないのは生まれつきですし、鞠子さんとは比べものにならないですし」

「そんなことはない！　女性は、磨くつもりさえあれば、いくらでも輝くものよ」

拳を突き上げながら力説する薫子は、ゴスロリファッションをしているだけあって、美に関してはこだわりがあるようだった。

「輝こうと思わない人は輝けないわ！　咲菜さんはどう？　輝く気はあるの？」

そうずばりと言われると迷う。

そりゃ咲菜だって、実家ではこんなブスを家族だと思われたくないと言われ、先ほどは一緒にいるだけで恥ずかしいと言われて、見返したい気持ちはある。しかし、土台無理な話だと諦めていた。

「輝く気は……ありますけど、でも」

私には無理です、と言おうとしたのだが。

「分かったわ、だったら私が力を貸します！」

言質をとったとばかりに力強く言って、咲菜の手を取った。

「弥生さんと鞠子さんを見返してやりましょう！　鞠子さんとは何度か会ったことがあったけれど、自分の美しさを鼻に掛けて、いけ好かないお嬢様だと思っていたのよ！」

そんな私怨も絡んでいるのだと呆然としてしまう。大人しくかわいらしい少女だと思っていたが、胸の中にたぎる思いがあるようだ。

「やりがいのある仕事だわ。久しぶりに燃えてきたわ」

「あの、それって私を輝かせるには相当の苦労があるということでしょうか？　すみません、その、でしたらやっぱりこの件はご遠慮したく……」

「あら、今更逃がしたりしないわよ」

　薫子はうふふ、と笑った。

「もうすぐ婚約披露のパーティーがあるのでしょう？　私はそれを聞いて本家がある和歌山から来たの。早めに来てよかったわ。なんだか、私が必要とされているような予感がしたのよね」

　薫子はとても楽しそうだ。それに水を差すのはどうかと思ってしまう。

（旬さんに言って、なんとかしてもらおうかしら……。というかそもそも、婚約披露パーティーなんて開催されては困るわ。逃げ場を封じられてしまうような気がする……）

　そう思い悩む咲菜をよそに、薫子は早速美容院の予約をするわね、なんて言ってスマートフォンをいじり始めた。

　なんだか、旬との結婚をやめたいと言っていたのを誤魔化された気がするが、すっかり乗り気になった薫子に話を蒸し返すことはできず、咲菜はため息を吐きつつ、すっかり冷めてしまった緑茶に口をつけた。

＊

「ああ、鞠子に恋人がいるという話か。あれは嘘《うそ》だ」

翌日、朝食の席で会った旬に聞くと、あっさりそう認めた。

もう少しとぼけると思っていたのに、こうもあっけらかんと認められるとは予想外で、咲菜は戸惑い、すぐには言葉が出てこなかった。

そんな咲菜をよそに、旬は涼しい顔で朝食を食べ続ける。咲菜は一気に食欲がなくなり、箸を置いてしまった。

「あの……嘘って。私は婚約者のためだという旬さんの思いを汲《く》んで、それで契約結婚に同意したのですが」

「すまなかったな。そうでも言わないと、君は俺との結婚に同意しないと思ってのことだ。許せ」

許せ、と言われて許せるものかと咲菜は憤るというより悲しくなってしまった。

これが、花涼院旬という人なのだろうか。

花涼院家に生まれて、不自由ない暮らしをしてきて、彼に逆らおうなんて人はいなかっただろう。なんでも自分の思い通りにしてきた。咲菜のことも思い通りにするつもりなのだろうか、と思うと、これでは実家にいたときと変わらないと考えてしまう。自分は誰かに支配される人生なのだと、諦めるしかないのだろうか。

「どうした、浮かない顔をしているな？」

「いえ……そんなことは……」

「なにか言いたいことがあるなら言え」

そうは言うが、旬の顔を見ると恐ろしくてなにも言えない。彼は『過失致死のようなものだ』なんて言っていたけれど、過去に人を殺したことがある、そんな罪の花が咲いている人なのだ。

「俺には君の心を見通すような力はないのだ。ちゃんと言ってもらわないと、君が怒っているのか悲しんでいるのか、なにも分からない」

それは、咲菜の気持ちを汲んでくれるということなのだろうか。

「では、お話ししますが……」

「ああ」

旬は箸を置き、咲菜のことをまっすぐに見つめた。

「鞠子さんのなにが不満なのですか？　美人で頭もよくて家柄もよくて。しかもそれにあぐらをかくことなく努力している方です。私よりも、よっぽど旬さんの妻として相応《ふさわ》しいと思います」

「君がその勾玉《まがたま》を外して、鞠子のことを見れば分かると思うが、鞠子は人を陥れることを厭《いと》わない、恐ろしい女だ」

「え……？　そんなまさか」

「そうだな、例えるならば蛇だな。顔では笑いながら、本心はなにを考えているか分からない。昔から、彼女のそういうところが苦手だった」

「もしかして、そんな鞠子さんとの結婚をしたくないあまり、私を探し出したのですか？」

「それとこれとは話が別だ。ところで、昨日は弥生さんも来ていたらしいな。なにか言われたのか？」

尋ねられても、言われたことが酷《ひど》すぎて口にもしたくない。咲菜は俯《うつむ》き、口を尖《とが》らせた。

「鞠子が蛇なら、弥生さんは猿だな」

「さ、猿ですか？」

酷いたとえ方だが、咲菜はぷっと噴き出してしまった。

「そうだ、なにかとキーキー騒ぐが、こちらが少しでも反撃するとそそくさと退散していく。弥生さんは鞠子と親しく、ときどき外で会っているようなのだ。花涼院家でなにかあったとき、鞠子がすぐに頼るのが弥生さんだ。ふたりは親しい、というか、弥生さんが鞠子に利用されているといってもいい。本人はそれに気付いていないようだが」

確かに、旬に婚約破棄の理由を聞き、納得のいく説明がないことに業を煮やして、すぐに弥生に連絡し、弥生が咲菜のところへ乗り込んで来たものと思える。

「鞠子には気をつけた方がいい。鈴宮家とはなにかと付き合いがあり、婚約破棄したからといっても付き合いをゼロにはできないから。だが、なにかあったらすぐに俺に連絡しろ。というか、昨日弥生さんが乗り込んで来たときにどうして俺に連絡しなかった？」

「え……？　でも、旬さんはなにか予定があってお出掛けしていたのでしょう？　それの邪魔になっては」

「そんなことは気にするな。なにがあってもすぐに駆けつけて君を守る。それが、君を婚約者とした俺の責任だ」

咲菜ははっと顔を上げて、旬の顔を見つめた。まさかそんなことを言ってくれるとは思っていなくて、嬉《うれ》しくなってしまう。今まで、誰かが自分を守ってくれるなんてことはなかった。

しかし、いやいや、駄目だ、こんなことに騙《だま》されてはいけないと思い直した。鞠子のことでも嘘をついていたのだ。口ではいくらでも言える。本当に守ってくれるわけではないのだ。それを忘れてはいけない。

咲菜は膝の上に置いた手をぐっと握り、思い切って口を開いた。

「あの、そのお気持ちは嬉しいですが、私は旬さんのことを信頼して契約結婚に応じたのです。それが損なわれてしまったと絶望しています」

「絶望とは大袈裟《おおげさ》な言い方だな？　だが、気持ちは分かる。すまなかった」

「この契約結婚はなしにしてもらいたいと思っています」

「それは駄目だ」

はっきりと言い切られ、咲菜は泣きたいような気持ちになった。思い切って伝えたのに、あっという間に却下されてしまった。

「そもそも、君に好きな人ができるまでという条件だったな？　そこはクリアできているのか？」

鋭く迫られ、咲菜は首を横に振った。

咲菜に好きな人などできたことがない……。いや、過去にはいたが、それは小学生の時のことで、それが恋と言うべきか悩むくらいのものだ。

(それにもう……きっと彼はこの世にはいないし)

それを思い出して切ない気持ちになってしまった。

そんな咲菜をよそに、旬は更に続ける。

「この契約結婚は君にもメリットがあることだろう？　ここから出て行ってどうする？　住む家もないだろう？　また住み込みの夜勤の仕事を探すのか？」

「そ、それはそうですが……。皆さんを騙しているみたいで、心苦しく思ってきました」

「君が心苦しく思うことはない、それは全て俺が引き受けることだ」

「そうおっしゃってくれるのは嬉しいですが……」

「ところで、君の両親のことだが」

「え？」

もうその話は終わりとばかりに、急に話題を変えられて戸惑うが、旬はそんなことは気にせずに続ける。

「一応、君の保護者であった人だから、婚約について知らせるべきだろうが……」

あの両親に花涼院家との婚約を？　と暗い気持ちになってくる。勘当された身であり、できればしばらく顔を合わせたくない。

「君の両親は本当の両親ではないのだから、知らせなくてもよいように思えるが、戸籍上は親だからな。一応、結婚の許可を得る必要がある」

できることならばもう二度とかかわりたくない。向こうもこちらのことを嫌っているのだ、それがお互いのためだろうが、花涼院家との結婚ともなると、そうもいかないだろう。

「そこで考えた」

「え……？　なにをですか？」

「手紙を書けばいい。結婚することにした、と。俺の名前も書いて。住所もここの住所を書けばいい。君に関心があったならば、君のスマホに連絡してくるか、ここに手紙を寄越すだろう。だが、関心がなかったのならなんの反応も示さないだろう」

「手紙を出すことで、一応知らせた、という体裁を取ったということにするんですね？」

「そうだ。君は察しがいいな」

旬は薄く笑う。

確かに、それが一番いい。本来は電話で連絡をとって直接話すのがいいだろうが、電話をしたというだけで怒鳴られそうで恐《こわ》い。手紙を書くのは捉えようによっては電話で知らせるよりも丁寧なやり方だ。

「分かりました、そうします。部屋に戻ったら早速手紙を書きます」

「手紙を書いたら俺に渡してくれ。内容証明郵便として送っておく」

「内容証明……」

「手紙の内容を郵便局が証明してくれるというサービスがあるんだ。もし手紙を読まずに捨てたとしても、確かに送ったということを証明できる」

「なるほど、それがいいですね」

そして咲菜は部屋に戻ると、気が進まないなあ、と思いつつ、実家へと手紙を書いた。書いているうちに実家のことを思い出して、暗い気持ちになったが、それを振り払うように首を何度も横に振った。

(これで……実家との縁を切る……。私は、新しい私として生きていく)

そう心に言い聞かせながら、手紙を書いていった。

＊

「さあ、予約しておいた美容院に行こう。その前にエステも予約しておいた」

手紙を書き終えて旬に渡すと、それを見計らったように薫子がやって来て咲菜の裾をぐいっと引っ張った。

「ああ、そうでした。でも……」

正直言うと行きたくなかった。どんなに磨いても、咲菜が鞠子以上になれるわけがないし、婚約披露パーティーで鞠子と比べられて辛《つら》い思いをする覚悟はできている、というか、それを避けることなんてできないだろう。

「あの、薫子さん。あれから考えたのですが、そこまで気合いを入れなくても。私なんて、磨いたところでさほど輝きませんし」

「輝く気はあると言った！　一度言ったことには責任を持って！」

そう言いつつ、更に強い力で裾を引っ張った。旬が止めてくれないだろうか、とそちらに目を向けると、

「薫子さん、咲菜のことが気に入ったようですね」

薫子はにっこりと笑顔で、首を上下させた。

「ならば、咲菜のことは薫子さんに任せます」

そう言って、旬は部屋から出て行ってしまった。後にはほくそ笑む薫子が残る。

「さあ、婚約者の許可も取った。今日は私と出掛けよう！」

力強く言って、咲菜の手首を摑《つか》んで歩き出した。


「え……このお方が花涼院家の花嫁になられる方なんですね……そうですか……」

その目には、このイケていない女がどうして選ばれたのか、という疑念が込められているような気がした。

薫子につれて来られた高級エステ店の店長は、薫子を見て目を輝かせて、咲菜を見て目を細めた。察するに『あなた、薫子様のお付きならばもっと身だしなみに気を配ったほうがいいんじゃないの』とでもいうところだろうか。咲菜が旬の婚約者であると知ると、衝撃を受けたような顔をした。

「あ、いえ……」

店長は一度向こうを向いて、気持ちを整えるようにこほん、とひとつ咳払《せきばら》いをしてから、とびきりのつくり笑いを浮かべてこちらを向いた。

「ずいぶんとやりがいがありますわ！　ええ、私の手にかかればたやすいことですから」

「そう、じゃあ任せるわ。十五時からは美容院の予約が入っているので、それまでに」

「はい、かしこまりました」

店長は薫子に笑顔を向けて、咲菜には挑戦的な視線を向けてきた。

そうして咲菜を奥の個室へと連れて行くと、なぜか扉の鍵を閉めた。

「では、まず洋服を脱いでそちらのガウンに着替えてください」

有無を言わせぬ勢いにおののきながら、言われた通りにガウンに着替えた。その間に、店長は機械を操作していた。

「若いから、ぐいぐいいっても大丈夫ね。あなた、今まで肌のお手入れをしたことがある？」

「いえ、特別には……」

「ニキビにくすみにむくみ、酷いものだわ！　若いからって甘えちゃ駄目！」

急に大きな声を出されたので、再びおののいてしまう。

「こういうのは若いうちからやらないと駄目なんだから！　さあ、そこの寝台に横たわって。少し痛いかもしれないけれど、そこは我慢して！　美しくなるためならば、どんな我慢もできるでしょう⁉」

そんな迫力でぐいぐい来られたら、痛いのは嫌です、なんて言えない。

咲菜はまな板の上の鯛《たい》のごとく、もうされるがままになるしかなかった。

「わあっ、見違えるようだわ！　やはりこちらに連れて来てよかった！」

施術が終わり、待合室でハイビスカスとローズヒップのハーブティーを飲んでいた咲菜の元に薫子がやって来て、開口一番そう言った。

「ええ……そうかしら？」

先ほども店長にあれこれと説明されたが、咲菜はピンと来ていなかった。

「大分むくみが取れたし、顔が引き締まったように見える」

やはり見る人が見ると分かるのだと、今までそんなことをまるで気にしていなかった自分を恥じた。

ところで店長には痛いけれど我慢、と言われたが、身構えていたせいかそんなに痛みはなかった。たぶん、深窓の令嬢だったらどんな痛みでも過剰に反応してしまうのかもしれないが、道ばたに咲いているぺんぺん草のような扱いをされて、踏みにじられることに慣れていた咲菜には、大したことなかった。

「では、次は美容院に行こう」

元気よくそう言われ、あらがうような気力はなかった。

「……ああ、ずいぶんとやりがいがありそうな子だね！」

美容師の男性は咲菜に向かって親指を突き出してきた。

美容院というからどこかの店舗かと思っていたが、マンションの一室に入っていったので驚いた。ここは一切宣伝はしていない、紹介だけで成り立っているプライベートサロンとのことだった。

「あの、髪なら先日整えてもらったばかりなのですが」

咲菜が言うと、美容師ではなく薫子が肩をすくめた。

「整えるだけじゃあダメだわ。今の咲菜さんにはもっと大胆なアレンジが必要よ」

「そうそう。とびっきりかわいくできるから、信頼して！」

どんな髪形にしても、そんなに変わるとは思えない。スタイリングチェアに座って、改めて鏡で自分の顔を見た咲菜は、うんざりした気持ちになった。

「なにかリクエストはある？」

「あの、私、髪の手入れは苦手なので、セットしやすい髪形にして欲しいです」

おずおずと言った咲菜に、薫子が異議を唱える。

「なにを言ってるの？　毎朝のセットは、使用人がやってくれるから気にしなくていいじゃない」

「あ……そうでした」

そんなふたりのやりとりを見つつ、美容師は咲菜の髪に触れていく。

「今まで色を入れたことはないようね。そのおかげか、とても健康的な髪だわ、羨ましい。でも、少し明るい色の方がいいと思うの。色を入れてもいい？　それから、少しパーマもかけたいわ。その方がふんわりまとまると思うの！」

「はい、お任せします」

「ええ、任せて」

そう言って鏡越しにウィンクした。

そして、咲菜はエステのときと同じようになされるがままにしていた。

美容院が終わると今度は高級デパートのアパレルショップに連れて行かれ、あれこれ試着させられた。その頃にはもう咲菜はすっかり疲れ果てていて、どの色がいいだとか、どんな形がいいだとか聞かれても曖昧な相づちを打つだけだった。

店員が代わる代わる持ってくる服を、店内中央にある背もたれがない丸いソファに座って『いいですね』とか『悪くないです』とか言っていると、

「真面目にやって」

後ろから薫子に小突かれてしまった。

そして薫子は咲菜の隣に腰掛けた。

「言ったでしょう？　輝く気はあるのかと。咲菜さんはあると答えた」

「確かにそう言ったけれど……」

「いくら飾り立てられても、自分に輝く気がなければ輝けない。服にだって、着ているのではなく着られているようになるだけよ。咲菜さんはもっと自分のことを知った方がいい」

「それは、自分に似合う服を知るということですか？」

「さすが察しがいい。そういうことよ。分かったら、自分に似合うと思う服を持ってきて。私が判定してあげる」

「は……はい！」

どうして年下にここまで言われなければならないのかと思いつつも立ち上がり、広い店内を巡って自分に似合う服を三着ほど持ってきた。

「どうかな……？」

そう言って座る薫子の前に立ち、服を身体《からだ》にあてて見せるが。

「違う、それは自分に似合う服ではなく、自分が好きな服だ」

「え？　なにが違うの？」

「全然違う！　そんなことも分からなくてどうするの？　やりなおし」

「は、はい！」

自分に似合う服と言われてもまるで分からず、適当な服を持っていくと『あなたは私を舐《な》めているの？』と冷めた視線を向けられる始末だった。

「咲菜さんは、誰かに自分を可愛《かわい》く見せたい、と思ったことはないの？」

薫子に呆《あき》れたように言われ、咲菜は困ってしまう。

「可愛く……元が元なので……」

「だから、そういうことじゃなくて！　咲菜さんは恋をしたことがないの？　その相手に、もっと自分をよく見せたいと思ったことはないの？」

「恋をしたことは……あるようなないような」

「さっき言ったでしょう？　もっと自分のことを知った方がいいって。初恋はいつなの？」

ぎろりと睨《にら》まれて、咲菜はすくみ上がってしまう。薫子には逆らいがたい迫力があるのだ。

「は、はい！　小学三年生の頃です！　相手は別荘地で出会った年上の男の子でした！」

「おっ、いいじゃない？　ひと夏の恋とか？　それで、告白はしたの？」

「いいえ、告白をする前に、たぶん死んでしまって……」

咲菜は力なく言って、薫子の隣に腰掛けた。

「彼との出会いは……私が転んで泣いていたら、どこからかやって来て、背負って別荘まで送ってくれたんです」

彼もこの別荘地に家族と一緒に来ていると言っていた。たびたび会って一緒に遊んだ。その頃、咲菜の母はまだ生きていたけれど身体を壊しがちで、別荘に来たのも静養のためだった。どこにも遊びに連れて行ってもらえず、退屈していた。彼の方も家族にはあまり構ってもらえていないようだった。ときには彼の弟も一緒にやって来て、山を登ったり沢で遊んだりした。

「雨の日に私は山の中で道に迷ってしまって、それを彼が助けに来てくれて」

どうしてあの日、自分があんなところにいたのか記憶が定かではない。男の子がいなくなったと聞いて、それを捜しに行ったような覚えがあるが、山の中で道に迷っていた咲菜を助けに来てくれたのが彼だったので、なにか記憶違いがあるのかもしれない。

「崖から足を踏み外しそうになって、それを彼が助けてくれて……彼は崖の下に……」

「それで、死んでしまった？」

「それが分からないんです。私は急いで山を下りて、彼が崖から落ちたと知らせて、捜してもらったんですが、見つからなかったと言われました。それに、その日に行方不明になった男の子なんていないって言うんですよ」

「うぅーん」

薫子は腕を組んで、なにやら考え込んでいるようだった。

つい話してしまったが、咲菜自身もあまり整理ができていない出来事なのだ。人に話すべきではなかったか、と思っていた。

「その男の子は天狗《てんぐ》かなにかだったのではない？」

「え？　天狗、ですか？」

「その別荘地とはどこなの？」

「長野の方だけれど……」

「じゃあ間違いないわ、近くに天狗伝説がある土地だもの。きっと寂しく夏を過ごしている咲菜さんの元にやって来てくれたのよ」

そう言われてキツネにつままれたような思いになったが、その考えは少し素敵だなと思ってしまった。

「では、その初恋の天狗が成長した姿を想像して。その人との初めてのデート、なにを着ていく？　着ていきたい服を持ってきて」

「……ええ」

そうして咲菜が持ってきた服に、薫子は初めて及第点を出してくれた。

＊

まさかあの日に会ったあのダサい女が、旬の婚約者だなんて思ってもいなかった。

鞠子は旬の婚約披露パーティーが開かれるホテルの入り口で、憎々しくホテルを見上げていた。

本当はこんな会場に来たくはなかった。

だが父に、花涼院家との付き合いは重大であり、招待された以上行くのが当然だと言われてしまった。

「婚約破棄なんて、なんてことないと余裕を見せて、相手を祝福してこい。それでこそ鈴宮家の長女としての威厳が示せるというものだろう」

父にそう言われ、渋々ながらも従うしかなかった。

(だいたい、元婚約者を婚約披露パーティーに招くなんてどういうつもり？　あの女の差し金なのかしら？)

そう思うと腹立たしくて仕方がなかった。このことを弥生に報告すると、ひとしきり怒った後に、

「でも大丈夫。周囲の人たちはきっと、どうしてあんな娘を婚約者にしたのか、鞠子さんの足下にも及ばない娘なのに、って思うに決まっているから。それを披露するためのパーティーだって思いましょう。……花涼院家の一員としては恥ずかしいけれど事実だし、仕方ないもの」

と言って意地悪く笑った。

鞠子は弥生のその下卑た笑い方が嫌いで、苦笑いを浮かべるばかりだった。旬の叔母だから、将来の叔母だからと我慢してきたが、本当は弥生のことなんて好きではなかった。ただ、鞠子が慕っているようなそぶりを見せるとすぐになびいて、なにかあったら私に言ってちょうだい、と得意げに微笑んだ。そんな彼女の乗せやすいところを利用しているだけだった。あの化粧が濃くて、香水の匂いをプンプンさせている女なんて、一緒にいるのも恥ずかしい。花涼院家の人だから、周囲も遠慮して指摘できないのだろう。ああはなってはいけない、というい見本だと思って付き合っていた。

しかし、弥生の言うことには一理ある。

きっと出席者は、あのしみったれた娘を見た後に鞠子を見て、やはり婚約者には鞠子が相応《ふさわ》しいと思うだろう。だから思いっきり着飾ってきた。まるで自分の婚約披露の場であるかのように。

鞠子はホテルのエントランスをくぐると、会場となっている『鳳凰《ほうおう》の間』へ向かう前に化粧室に入った。

そうして、鏡に映る自分の姿を見る。

今日は朝から行きつけのサロンに行って、髪を巻いてもらった。誕生日会で両親から贈られた桜水晶がついた髪飾りをつけて、同じ色のピアスをしていた。

ネイルも淡い桜色にして、ふんわりとした形のワンピースも桜色である。白いハンドバッグはブランド物の、まだ日本では発売していないモデルだ。控えめな三センチヒールには派手すぎないスパンコールがついている。化粧は抑えめにして、チークも分からないように入っているくらい。清楚《せいそ》さをアピールするようなものにした。

どこからどう見ても、鞠子こそがこの婚約披露パーティーの主役である、暗にそう主張するような服装だった。

だが、パーティーでは控えめな態度を貫こうと決めていた。あんな女のせいで婚約破棄されてしまった可哀想《かわいそう》な女性、と周囲に思わせるのだ。旬はどうかしてしまったのではないか、と囁《ささや》かれたら成功だと思っていた。

(それで……願わくは旬が過ちに気づいて、あんな女との婚約は即座に破棄して私にプロポーズするのがいいわ！　今度は親同士が決めたのではなく、旬が自ら私を花嫁にと望むの。ああ、うっとりするようなエピソードになるわ)

そうして自分に酔うように、微笑《ほほえ》んだ。

せいぜい、余裕を見せてやると心に決めて、鞠子は化粧室から出て会場へと向かった。

鳳凰の間は、なにかのイベントや結婚式などが行われるこのホテルで一番大きなホールだった。二千人ほどは収容できる大ホールに、既にたくさんの人が集まっていた。

(……ふん、私とはなんだかんだと理由をつけて婚約披露パーティーもまだだったのに。あの娘とはさっさと開催するのね)

それも鞠子が悔しい理由のひとつだった。

約束では旬が大学を卒業してから、とのことだった。最初は高校を卒業してから、だったのに延期された。

鞠子はハンドバッグから招待状を出して受付を済ませると鳳凰の間の中央まで歩き、通りかかったウェイターにシャンパンをもらってそれに口をつけた。

会場の中央には大きなシャンデリアがぶら下がっていて、鞠子はその下に立つ。光り輝くシャンデリアの下が、自分に一番相応しい場所だと思っていた。自分は誰よりも輝いていなければならない、他でもない旬のために。

「あっ、鞠子さん。来てくださったんですか……？」

そう声をかけられて、すぐに誰だかピンときた。

この自信のない話し方、相手にへつらうような、支配される側に長年いた声色、旬の新しい婚約者に間違いなかった。

鞠子はシャンパンを片手に、余裕の表情で振り返った。まるで洗練されていないだろう格好の、愚鈍な娘がそこに居ると思って。

「え……？」

しかし、その娘の姿を見た途端に小さく叫んでしまった。それから、

「……嘘《うそ》でしょう……？」

我が目を疑って、何度もその姿を見てしまった。

以前に会ったときには前髪が目にかかり、よく顔も分からないほどだった。

それがさっぱりと切られ、明るい表情が見えた。ナチュラルメイクが彼女にとても似合っている……とつい思ってしまった。髪色も変えたようで、今まで真っ黒だったのが栗色《くりいろ》になっていて、量が多く重く見えていた髪にハサミが入れられ、軽く快活になっていた。

あのダサい黒縁のメガネも外していた。

だから一瞬、別人かと思ってしまったが、この背丈としゃべり方と仕草は間違いない。

流れるようなラインの白いトップスに淡いピンク色のスカートも彼女にとても似合っていた。なぜか、同じ色のワンピースを着ていることが恥ずかしく思えてしまった。

胸元には一粒ダイヤのネックレスをして、手首には紫水晶のブレスレットをつけていた。

前に見たときには分からなかったが、彼女は今まで紫外線に当たったことがないのではと思えるほど白く滑らかな肌をしていて、手足もとても華奢《きゃしゃ》である。男性の保護欲をかき立てるようだと思い、歯ぎしりしたい気持ちになった。

「すみません、以前に花涼院家でお目にかかりました。あのときはついつい言いそびれてしまって」

そう言いつつ、彼女はぺこりと頭を下げた。

「西島咲菜と言います……。あの、旬さんと婚約することになりました」

「えっ、ええ。そのようね」

余裕の笑みを見せてやる、と思っていたのに、まるでそんな余裕がなかった。

いえ、こんなことではいけない、と鞠子は自分を立て直そうと咳払《せきばら》いをした。

「婚約おめでとう。見違えたわ」

「え……恥ずかしいです。少しでも旬さんに似合うようにと、急ごしらえで間に合わせただけで」

「そのダイヤ、素敵だわ。旬さんにプレゼントされたの？」

「えっ、ええ……。服は自分で選んだのですが、ではそれに似合うネックレスをプレゼントさせてくれ、なんて言われて。私には過ぎたものだと思ったのですが」

そう言って俯《うつむ》くのが、また腹立たしかった。

「……咲菜様、そろそろ行きませんと」

咲菜の背後から声がかかった。それに応じるように咲菜は頷《うなず》く。

「あの、鞠子さん。それではこれで失礼いたします」

「ええ、あなたとはまたどこかでゆっくりと話したいわ」

「え？　私とですか？」

「私たち、気が合うように思えるのよ。複雑な関係だけれど、仲良くしたいわ」

鞠子が手を差し出すと、咲菜は無邪気な笑顔を浮かべてその手をとり、握手を交わした。

まさか社交辞令を真に受けたのだろうか、と驚きを隠せない。そして咲菜はまたいずれ、と言い残して行ってしまった。

鞠子はその後ろ姿を見ながら、なぜか敗北感を覚えていた。あんな娘になぜ、と自分に問いかけてしまう。

「まあ、あの方が旬様の新しい婚約者なのかしら？」

「美しい、というよりはかわいらしい方ね。まるで春のそよ風のような」

「ああいう、柔らかい雰囲気の方が旬さんは好みなのかもしれないな」

そんな囁きが聞こえてきて、鞠子は唇を噛《か》みしめた。

（え……でも待って。西島咲菜？　どこかで聞いたような……）

鞠子は顎に人差し指を当てて、首を傾《かし》げた。

（ああ、びっくりした。まさか鞠子さんが来ているなんて）

なぜ元婚約者をこの場に呼んでいるのか。咲菜には意味が分からなかった。

会場入りした咲菜は、偶然鞠子の姿を見かけて、挨拶に行ったのだった。この前は鞠子に嘘をついてしまった。それを謝らないといけないと気になっていて、いい機会だと思ったのだ。

（旬さんは、鞠子さんのことを怖い人のように言っていたけれど、まるでそんなことはな

かった)

　気が合いそうだ、また話したいと言われて咲菜は嬉《うれ》しかった。

　引きこもっていたという事情もあり、咲菜には友人らしい友人はいなかった。もし鞠子が友人になってくれたら、と思ったが、それは過ぎた願いだろうなと思い直した。

「先ほど、旬様が会場に着かれました」

　控え室に戻ると、水川にそう言われた。旬は用事があって、会場へは直接行くと言われていたのだ。だから、準備を整えた咲菜にはまだ会っていない。

「ええ……そうなのね」

「どうしたのですか？　浮かない顔ですね」

「だって、今から旬さんの婚約者としてみんなの前に出るのよ？　なんて言われるか……」

　咲菜は旬の隣に立って、皆に紹介されるのだ。

　花涼院家の跡取りとして堂々とした姿の旬の隣に立つなんて、自分にはどうしても畏れ多い、やはり鞠子の方が似つかわしいと思ってしまう。鞠子は頭の先からつま先まで隙がなかった。急ごしらえの自分など敵《かな》わない、生まれつき洗練されたなにかがあった。

「自信をお持ちください。見違えるほど変わられていますわ」

「そうかしら……」

そんなことを話していたとき、不意に控え室の扉が開き、旬が部屋に入ってきた。

そうして旬は一瞬、眩《まぶ》しそうに目を細めた。

咲菜は緊張して、手をまっすぐに下ろして、旬のことを上目遣いで見つめた。

「あの……どうでしょうか？　今日はメガネも外してみました。少しは旬さんの婚約者のように見えますかね？」

「……美しい」

「は？」

「やはり思った通りだ。磨けば光ると思っていた」

そう言って咲菜の顎をくっと上げた。

顔をじっと見られて、恥ずかしくて瞳を逸《そ》らしてしまう。

「ふ、服も自分で選んでみました」

「ああ、とても似合っている。春の日差しの下でひっそりと美しく咲く花のようで、君にぴったりだ」

花にたとえられて、咲菜の胸は弾んだ。

そうして旬に手を引かれて、咲菜は再び会場へと出て行った。

眩《まばゆ》い光に一瞬目が眩《くら》み、次に目を開いたときには会場の前方にある舞台の脇に立っていた。見ると、反対側には司会と思われる男性がマイクの前に立っていた。

「では、ご紹介します。次期花涼院財閥当主の花涼院旬さんと、その婚約者の西島咲菜さんです」

一斉に会場の視線が咲菜に向き、そして大きな拍手が沸き起こった。

皆、美しく着飾った人たちばかりだ。こんな華やかな場に出るのは咲菜は初めてで、足がすくんでしまう。

「大丈夫か？　躓《つまず》きそうになったら俺に寄りかかればいい」

旬にそう微笑みかけられ、緊張が少しやわらいだ。

そして旬に手を引かれて、舞台へと歩み出た。旬と咲菜には一層大きな拍手が送られる。

もしかしてなにか話さなければならないのかと思っていたら、舞台の反対側から旬の父親である隆彦が出て来た。

「皆さん、本日は急なお招きにもかかわらずお集まりいただき、誠にありがとうございます」

隆彦は丁寧に会場へと頭を下げた。

「このたび、ようやく我が花涼院家の次期当主が婚約の運びになりました」

そうして隆彦の挨拶が続いていく。

それを聞きながら、咲菜はまるで夢のようだという思いがぬぐえずにいた。

「なるほど、旬さんが選ぶのも分かる。かわいらしいお嬢さんだ」

そんな声が会場から聞こえてきた。

「そうね、それにとても優しそうだわ」

「ふっと人の目を惹《ひ》くような、印象的なお嬢様よね。なかなかいないわ」

とても自分に向けられているとは思えない言葉も聞こえてきた。そんな言葉を聞いただけで、これまで薫子に鍛えられたことが報われたと思った。

しかし同時に、声を潜めて話すような内容も聞こえてきた。

「……気品という点では鞠子さんには敵わない」

「……鞠子様のぱっと輝くような雰囲気は、あの子にはないわね」

「……いるだけで、空気が変わるからな、鞠子様は」

「……どうして鞠子様との婚約を破棄したのか分からない。鞠子様ほど、花涼院家に相応《ふさわ》しい方はいないのに」

「……きっと後で悔やむことになるだろうな。こんな弱々しいお嬢様には、当主夫人は似合わない」

それは分かっているけれど、こんなに聞こえよがしに言わなくてもいいのに。

そう思うと悲しい気持ちになり、この場に立っていることが辛《つら》くなってきて、手足が震えだした。

「では、不肖の息子からひと言もらいましょう」

隆彦がそう言って、旬を舞台の真ん中へと来るように促した。

旬は咲菜と手を繫《つな》いだまま、舞台の真ん中へと歩み出た。

こんなことではいけない、笑わなければと咲菜が作り笑いを張り付けて顔を上げたとき、すぐ近くに旬の顔が迫ってきた。

なにを、と思っている隙もなく、旬は不意に咲菜に口づけた。

驚いて、目を見開く咲菜の唇に温かく柔らかな感触があり、会場から息を吞《の》むような空気が伝わってきた。

そしてその感触が遠ざかり、ぼうっとしている咲菜を余所《よそ》に、旬が語り始める。

「最愛の女性と婚約できたことを嬉しく思います」

その言葉に、会場がどよめいた。

咲菜は、それが自分に向けられている言葉だとは思わず、ただ呆然《ぼうぜん》と立ち尽くすだけだ。

「このとおり未熟なふたりですが、ご指導ご鞭撻《べんたつ》のほどよろしくお願いします」

そう言って頭を深々と下げた。咲菜も慌てて旬にならい、そして顔を上げたときには、会場から羨望の眼差《まなざ》しが咲菜に送られていたことが分かった。

先ほど咲菜のことを悪く言っていた人たちは、もう口を噤《つぐ》んでいた。

その後、沸き起こった潮騒《しおさい》のような拍手を聞きながら、咲菜はずっと旬のことを見つめることしかできなかった。

第三章　前途多難な花嫁修業

婚約披露パーティーの翌日、もう十時を過ぎようというのに、咲菜《さきな》は布団に入ったまままんじりともできずにいた。

昨夜は結局眠れなかった。

あのパーティーのことを思い出すと、感情がごちゃ混ぜになってどう受け止めればいいのか分からなかったのだ。

婚約披露パーティーのために自分を磨きに磨き、褒められたのは素直に嬉しかった。今まで身なりになどほとんど気を配っていなかったが、努力すれば変われるのだと分かった。

自分のことをブスだと思い込んでいたが、そうでもなかった。前髪を切ってメガネを外して、顔を上げればそれなりの顔をしていて、化粧をするとかなり映えることも分かった。肌が綺麗《きれい》だと言われたのも嬉しかった。単にずっと引きこもっていたため紫外線に晒《さら》されず、美しいままの肌をキープできていただけだけれど。

それと同時に、やはり旬《しゅん》には相応しくないと言われたことが悔しかった。分かっている、分かっていたけれど、自分で思っているのと他人に言われるのとではやはり違う。

それから、旬に急にキスされたこと。

それを思い出すと、顔から火が出そうになる。

（あんな不意打ちは酷《ひど》いわ。きっと旬さんの方は慣れたものでしょうけれど！）

そうして咲菜はむくりと起き上がり、枕をベッドに打ち付けた。

しかも、あんな公衆の面前でなんて酷すぎる。あれから、旬の顔をまともに見られない。恥ずかしさもあったし、怒りもあった。だから朝食は一緒にとりたくなかった。それでこの時間までぐずぐずと布団の中に入っていた。

しかし、いつまでも布団に潜っているわけにもいかない。いよいよお腹《なか》も空いてきた。

咲菜がそろそろ布団から出ようと思っていたとき、突然、テーブルに置いてあったスマートフォンが鳴った。

咲菜に電話してくる人などいない。

一体誰だろう、シフト変更のお知らせかな、ともうバイトは辞めたのにそう思いつつ布団から出て、スマートフォンを見る。

「え……まさか姉さん？」

独りごちて、咄嗟《とっさ》に電話に出てしまう。

実家に居るとき、姉が電話を寄越したらすぐに出ないと愚図だノロマだと罵られた。その恐怖がまだ身体《からだ》に残っていたのだ。

恐る恐るそう言うと、電話の向こうからため息が聞こえた。

「はい……」

「咲菜？　あんたってば、どこに居るの？」

「え……あのぅ、どこと言われても……」

花涼院《かりょういん》旬と婚約して、花涼院家に居ると言っても信じてもらえないだろう。どう説明していいか迷っていると、電話の向こうから別の声が聞こえてきた。

「そう……やっぱり、あなたは愛美《まなみ》さんの妹だったのね。名前を聞いたとき、もしやと思ったのだけれど」

「もしかして、鞠子《まりこ》さん……ですか？」

「ええ、そうよ。昨日はありがとう。とても素敵なパーティーだったわ」

なにか棘《とげ》があるように聞こえたが、優しい鞠子がそんなはずがない。電話で話しているからそんなふうに感じるのだろうと思った。

「今ね、昨日のパーティーのことをお友達に話していたところなの。ねぇ、咲菜さん、あなたも一緒にどう？」

「い、一緒に、ですか？」

「ええ、私たち、いいお友達になれると思うの。だって、愛美さんの妹なのだから。知っていた？　私たち、とても仲がよい友人同士なのよ。親友と言ってもいいわ」

そこまでのことを姉は言っていたかと疑問に思うが、咲菜は素直に受け止めてしまう。

「私たち、夕方まではこちらでお茶をしていると思うから。準備ができ次第こちらにいらして。いつもこうして、楽しくおしゃべりしているのよ」

鞠子の話し方は親愛の情が込められたものに思えた。その誘いを無下にすることはできそうにない。

(それに……もしかして姉さんとのわだかまりをなくすいい機会なのかもしれない。姉さんだって、鞠子さんの前では私のこと罵ったりしないだろうし)

気が乗らなかったが、実家のことは気になっていた。

手紙を出して、婚約したことは知らせていたが、それをどう受け取っているかは気になっていた。追い出された身ではあるが、できれば穏便に済ませたい。

「分かりました、準備ができ次第行きます……」

「ああ、嬉《うれ》しい！　こんなにすぐにお話しできるとは思っていなかったわ。これも全部愛美さんのおかげね」

きっと姉は嬉しそうな顔をしているだろうと想像できた。

これは約束をすっぽかしたら、姉が怒り狂うだろうと畏れ、咲菜は急いで支度をした。

「ああ、やっと来たわね。待ちわびていたわ」

教えられたカフェに行くと、鞠子がすっと手を挙げて居場所を知らせてくれた。

そのカフェは都内の繁華街にあり、花涼院家の車で送ってもらった。本当に行くのですか、と水川《みずかわ》から何度も聞かれた。旬様が聞いたら絶対に反対しますよ、とも。旬は幸いというべきか、朝食後に外出していて、戻るのは夕方とのことだったので、このことは知らせていない。

店の中央にある丸テーブルを囲んで、鞠子の友人達が座っていた。いや、友人達、というより取り巻きに見えた。

少し考えれば分かることなのに、姉以外にもこんなに人がいるとは予想していなかった。姉と鞠子を合わせて八人がその場に居た。誰もがかわいらしく着飾っていて、気後れしそうになるが、今日は咲菜も華奢《きゃしゃ》なワンピースを着てきたのでその場から浮くことはなかった。メガネも外していた。その方がいいと水川に言われ、咲菜自身も外した方が今日のワンピースに似合うと思ったからだ。

カフェはいわゆるコンセプトカフェだった。レースやフリルがふんだんに使われていて、フランスの十七世紀頃、ベルサイユ宮殿が華やかな時代だった頃の雰囲気だ。ウェイトレスは黒いワンピースにエプロンドレスのメイド服を着ている。

「……あなた本当に咲菜？　驚いた、見違えたわね」

鞠子の隣に座っていた愛美が言う。

鞠子や他の取り巻きの手前なのか、いつものような刺々《とげとげ》しい雰囲気はない。咲菜はまずそれにほっとして、すすめられるままに空いている椅子に座った。ちょうど鞠子と向かい合わせになる席だった。

「まさか、愛美さんの妹が旬様の婚約者になるなんて、思ってもいなかったわ。あなた、病弱で学校に通えなかったんでしょう？　病気はもういいの？」

そうか、姉はそう話していたのかと、淡く笑っておいた。引きこもりの妹なんて恥ずかしい、病気で学校に来られないのだということにしておこう、ということだったのだろう。

「ええ、そうですね……。このとおり、元気です」

「それで、旬様と運命的な出会いをしたってことなの？」

昨日の婚約披露パーティーではそう説明されていた。ふたりは運命的に出会って、電撃的に婚約したのだと。

「はい。あの、私も急すぎると思ったのですが、旬さんが早いほうがいいと進めてしまって」

そこで、その場が変な空気になったのが分かった。

自分は嫌だったけれど旬が強引に進めた。愛され過ぎて嫌になってしまうわ、というふうに捉えられたのだろうか、と考えた。

「あらそうなの。よほど旬様に愛されているようね。咲菜さんが気を変えないうちに早く、とでも考えたのかしら？」

鞠子の言葉に、やはり変に捉えられたと思うが、どう言い繕っていいのか分からない。

黙って、俯《うつむ》いていると、

「……姿は変わっても、そうやってすぐに俯いていじけたような仕草をするところは相変わらずね」

愛美が意地悪く言う。

「そうね、旬様の愛は分かるけれど、そんな方が花涼院家に相応《ふさわ》しいのかしら？」

「恋人、ならば好き合っているだけでよいかもしれないけれど、妻となるとそうはいかないものね」

鞠子の取り巻き達も姉に追従するように意地悪く言う。

確かにその通りだ、普通に考えると咲菜が花涼院家の花嫁となる理由が分からないのだろう。能力者であるということは、決して話してはいけない秘密だ。咲菜にとっても、花涼院家にとっても。

「あなたも大変ね。旬様の婚約者になったということは、これから妻として相応しくなるために花嫁修業をしないといけないんでしょう？」

「花嫁修業……ですか？」

思いがけないことに、咲菜は驚きの表情を浮かべてしまう。

「そうよぅ、そうでないと周囲が許さないでしょう？　あなたがそんなふうでは、花涼院家の妻の座はつとまらない。そうでしょう？」

「愛美さんに聞いたんだけれど、あなたお稽古事のひとつもしてこなかったらしいじゃない？　そうでしょう、愛美さん？」

「ええ、そうなのよ」

愛美は紅茶のカップを指でつまむように持ちつつ、眉尻を下げて言う。

「最低でも、お茶とお花くらいは習ったらと、私も私の母も言ったのだけれど、頑《かたく》なに拒んで。こんなことでは西島《にしじま》家から嫁に出せないわよ、なんて話していたのよ」

よくもそんな嘘《うそ》をつけるものだと目を見開いてしまう。

「姉として、本当に恥ずかしいわ。両親とも話しているの、こんな婚約のことは聞いていないし、西島家には畏れ多いことで受け入れることができないって」

「そうよねぇ」

鞠子がわざとらしく頷《うなず》く。

これは、鞠子が姉に両親にそう話すように提案したのだろうと思うのは、考え過ぎだろうか？　西島家には一応、内容証明の手紙を出したが、今のところはなんの反応もないと旬が言っていた。

「旬様に相応しくなるために、これから死ぬような努力をしないといけないわね。そうでないと、どうしてあなたが鞠子様を押しのけて婚約者となったのか分からないもの」

取り巻きのひとりが厳しい口調で言い、他の者たちは同意するように頷く。

「そうよそうよ。たとえ花涼院家が許したとしても、鞠子様の友人として、私たちは許せないわ」

「それなりの教養や品格を身につけてもらわないと」

「でも、無理じゃない？　見たところ、知性も品性のかけらもないように見えるもの……と、ごめんなさい。本人を目の前にして言うことではないわね」

「そうね、私たちにも無理強いはできないから。ねぇ、できないものね？　いくら今から花嫁修業をがんばっても、鞠子様の足下にも及ばないもの」

そんなことまで言われて、咲菜はなんだか悔しくなってしまった。最初からできないと決めつけられたくない。今まで外見についてあれこれ言われたけれど、自分なりに努力している。肌の手入れなんてしていなかったのに、朝晩それぞれ一時間は美容のために時間を使っている。

しかし、だからなんだというのだと、この場にいる人たちは思うだろう。美しく着飾っている彼女たちにとってはそれは当然のことで、咲菜はようやくそのレベルに手をかけたくらいだ。

黙りこくっている咲菜を見てか、愛美は持っていた紅茶のカップをソーサーに戻しつつ言う。

「そうよ、皆さん、あまり私の妹をいじめないで。この子ってば昔っからみそっかすで、なにもできないの。努力してもできない人間って、世の中にはいるのよ。生まれつき愚鈍で、人並み以下にしかできない」

愛美はふん、と鼻で笑う。いつも姉に言われていた言葉だった。

反論せずに俯いているのが今までの咲菜だったが、なぜか今日はその言葉に逆らいたくなった。

「……できます」

「え？」

「私にだって努力すればできます！　今までしてこなかっただけです。旬さんの妻に相応しい女性に、きっとなれます」

その場がしん、と水を打ったように静まりかえった。

咲菜も、なんてことを言ったのだと後悔した。旬に相応しい、なんて、これでは咲菜が旬との結婚を心から望んでいるようだ。本当はそんな気はまるでないのに。

その場にいた誰もが咲菜のことを哀れむように見つめるので、いたたまれなくて消えてしまいたくなる。

「……そう、面白いじゃない。私以上に、旬様に相応しい女性になれるって」

「え？　そこまでは言っていませんが……」

「では、お手並み拝見といきましょう。皆さんが証人よ」

鞠子が言うと、鞠子の取り巻き達は意地悪な笑みを浮かべつつ頷いた。ここに居る誰もが、そんなこと無理だと言っているようだった。

「もしなれなかったら……そうね、それ」

鞠子は咲菜がつけていた勾玉《まがたま》のブレスレットを指差した。

「それってなにかのアンティーク？　かわいらしいわね。それをちょうだい」

「いっ、いえ！　これは駄目です！　これは大切なもので……」

「だったら余計にいいじゃない。それで奮起してがんばれるのではない？　私よりも旬様に相応しくなるって」

「鞠子様、やっぱりこの方には自信がないんですよ」

取り巻きのひとりが、肩をすくめつつ言う。

「今のは、この場を切り抜けるためについた嘘で、花嫁修業なんてするつもりがないんじゃないですか？」

「そうですよ、旬様に愛されている自分にはそんなもの不要と思っているんじゃないですか？」

「ずうずうしい……。女性としてのプライドがないのかしら？」

そう口々に言われて、反発心を覚えた咲菜はついつい、言ってしまう。

「わ、分かりました……。旬さんに相応しい女性になれなかったときには、これをお渡しします」

「そう！　では約束ね」

そう言って、鞠子は右手の小指を立てて咲菜の方へと向けた。

「はい……約束、します」

咲菜もそれにならって小指を立てた。鞠子が立ち上がって、咲菜の小指に自分の小指を絡めてから、すぐに離した。

「楽しみだわ」

鞠子は余裕の笑みを浮かべ、咲菜にじっとりとした視線を向けてきた。

＊

咲菜は花涼院家の玄関ホールのソファに座り、膝に手を置いて、じっと旬の帰りを待っていた。

鞠子ととんでもない約束をしてしまった。

どうしてあんな意地悪な、と悲しい気持ちになってしまった。

しかし、鞠子の立場を考えてみればそのくらいは当然なのではないかと思えた。突然現れた者、しかも、自分よりもずっと劣る者に婚約者の座を奪われたのだ。取り巻き達の手前もあり、普通ではいられないだろう。

旬の嘘にころっと騙《だま》されて、鞠子から婚約者を奪ってしまった責任は咲菜にある。なにも咲菜は本気で鞠子以上に花涼院家に相応しい女性になれるとは思っていない。鞠子の気が済むならば、花嫁修業でもなんでもやればいい。

(あ……でも、この勾玉が取られてしまうのは困るな……どうしよう)

勢いとはいえ、とんでもない約束をしてしまった。

咲菜の能力を封じる勾玉、これがなければ咲菜は普通の生活を送れない。また人とあまり会わなくて済む仕事を探して、人の顔を気にしながら暮らさないといけない。

どうしたらいいものかと迷っていると、旬のお付き達が邸内から集まってきた。どうやら旬が帰ってきたようだ。

間もなくして車のエンジン音がした。それが恐らく旬の車なのだろう。咲菜は立ち上がり、大きな扉を開いて外へ出た。

運転手が後部座席のドアを開け、ちょうど旬が黒塗りの車から出てくるところだった。

「……なんだ、わざわざ出迎えてくれなくてもいいのに」

そう言いつつも、まんざらでもない顔をしている。

「あの、実は折り入ってお願いがあって……」

「なんだ、婚約をないことにしてくれ、というならば願い下げだ」

「えぇ……今朝まではそう思っていたのだけれど、違うわ。私に花嫁修業をさせて欲しいの。花涼院家に相応しくなるために！」

そう言うと、旬は意外そうに目を細めた。

「……なるほど、そういうことか。鞠子が考えそうなことだ」

外でいつまでも立ち話をするのはよくないです、と旬の付き人に言われて、居間に移動していた。

部屋の真ん中にある身体《からだ》が沈むようなソファに前のめりに座って、旬と話している。急に花嫁修業なんて言われて驚いている旬には、どうしても事情を説明する必要があった。

「花嫁修業なんて不要だと俺は思うが」

「いえ、でも、仮にとはいえ、私は旬さんの婚約者になったのだから、それなりの教養や品格は身につける必要があるでしょう？」

「まあ、なんにしても君がその気になってくれたのは喜ばしい」

「そ、その気って？」

「もちろん、俺の花嫁になる気に、だ」

「それは、仮にって言ったでしょう！」

ついつい語気を強めてしまう。そんな咲菜を旬はおかしそうに見つめている。からかわれているのだ、と悔しい気持ちになった。

「しかし、その鞠子の条件は強引だな。鞠子以上に俺に相応《ふさわ》しいとはなんだ？　それは俺が決めることではないのか？　それに花涼院家に相応しい、とも……。能力者であることが、花涼院家の妻として一番の条件であるわけだが」

「それを表立たせるわけにはいきませんよね？　ですから、鞠子さんに、私が旬さんに相応しいと認めさせればいいと思うんです」

「その基準がよくわからない。ジャッジするのは鞠子なわけだろう？　どんなに素晴らしい教養と品格を身につけたとしても、鞠子が認めなければその勾玉は奪われる。鞠子にだけ有利な条件だ。それに、君は負ければ勾玉を失うが、勝ったらなにがあるのだ？　不平等な条件だとは思わないか？」

「言われてみればそうですね……」

興奮していて、そんなことにも気付けないとは自分が情けなくなる。旬が哀れみに満ちた表情を向けてくるが、それを振り払うように続ける。

「いえ、きっと鞠子さんは本気ではないのだと思うのです……！　今は急に旬さんとの結婚がなくなって自棄《やけ》になっているのだと思います。落ち着けば、私なんて眼中にもなくなるでしょう」

「いや、あいつは蛇のように執念深い」

「そっ、そうなんですか？」

「これからも君に難癖をつけてくるだろう。無視するのが一番いいが、優しい君のことだから、そうもいかないのだろう」

そう言われたことに、なぜか救われたような気持ちになってしまった。冷たく『放っておけ』と言われたら、咲菜はもうどうしていいか分からない。

「花嫁修業の手配はする。それから、鞠子には俺から話してみよう。いくらなんでも無理な条件だから」

「そうですよね、私が鞠子さん以上の教養や品格を身につけられるはずがないですものね」

それは充分知っている。

鞠子はもう十年以上も旬の妻になるために自分を磨いてきたのだろう。それに生まれ持った資質というものもある。勝てるはずがない。

「いや、そうではない。ジャッジの仕方が曖昧なのと、勝ったときの条件が提示されていないのが問題なのだ。それははっきりさせないといけない」

そして旬は咲菜をまっすぐに見つめる。

「今のままでも君は鞠子以上に俺に相応しい花嫁だ」

「え？」

「ただ周囲が認める、という点ではまだ及んでいない。だが、君には鞠子以上に周囲にそう思わせる素養があると信じている。だから、君が負けるとは思っていない」

そうはっきりと言い切られて、咲菜は顔が赤らんでいくのを感じた。

旬は自分を信じてくれている。

今までそんな信頼を寄せられたことはなかった。先ほど姉に、なにをやらせても駄目だと言われたばかりだ。だが、そうではない評価をしてくれる人もいるのだ。

「はい……では、がんばります……」

咲菜は照れて顔を上げられず、口の中でもごもごそう言った。

＊

さっそく翌日から花嫁修業が始まった。

普通に考える花嫁修業とは、炊事に掃除に洗濯だろうか。家事なら得意だけれど、と思った咲菜だったが、もちろんそのようなものではなかった。

まずやって来たのは国語を教えてくれるという若い女性だった。元は高校教師をしていたが、今は個別教育に力を入れているとのことだった。

「高校中退……そうですか」

国語教師の女性はどのくらいの学力があるのか確認したいと、まずは聞き取りから始めた。咲菜はなんだか申し訳なくなってしまった。

「ですが、中学のときは国語は得意でした。本を読むのも好きです」

「苦手意識がないということはとてもよいことです。一緒に学びましょう」

「はい、よろしくお願いします」

咲菜は勢いよく頭を下げた。

そうして早速国語の授業が始まった。

咲菜は学校へは通えなくなったが、勉強が嫌いなわけではなかったのだ。久しぶりの授業はわくわくした。

「花涼院家の妻としての教養、とのことですから、まずは古文から始めましょう。俳句の会などありますからね」

「え……そうなのですか？　もしかして、その場では私も俳句を詠まないといけないんですか？」

国語教師はさも当然というように頷《うなず》いた。

「それから、私が教えるのは週に三回とのことですが、それだけでは足りません。自己学習も必要になるかと思いますので、覚悟してくださいね」

そう言って微笑《ほほえ》む彼女を見て、笑顔が素敵な鬼がいる、と思った。

続いてやって来た英語教師はイギリス人の紳士だった。日本語は分かるが、授業は全て英語でやると宣言した。日常会話を英語でできるようにするためには、それが一番いいのだと主張し、確かにその通りだったが……初日の、自己紹介をするところでかなり躓《つまず》いた。英語の授業も週三回と決められていて、早くもついていけるだろうかとかなり心配になった。

「初日からかなり疲弊されていますね、大丈夫ですか？」

自室の机に突っ伏している咲菜を見てか、水川が声をかけてきた。

咲菜ははっと身体を起こし、いつのまにか自分の手から離れていたシャープペンシルを握り直した。

「大丈夫よ、自分で言い出したことだもの。今まで勉強をかなりサボっていたから、その分を取り返さないと」

そう言って英語のテキストへと視線を落とした。

「旬様に伝言を頼まれました。明日は茶道の指導を受けられるようにした、と。こちらに来られるのではなく、先生のご自宅に行くことになります。家元から直々にご指導いただけるそうです」

「さすが旬さんだわ。でも、私は初心者なのだから、家元のご指導なんて畏れ多いわ……」

「最初から優れた方の指導を受けた方が上達が早い、とのお考えのようですよ。それから、来週からは華道の指導も始まると」

「華道！」

咲菜は叫ぶような声を上げて、水川を振り返った。彼女は戸惑ったような表情を浮かべていた。

「そうね、華道も花嫁修業の一環よね！　楽しみだわ！」

「咲菜様は華道にご興味が？」

おずおずと聞く水川に、咲菜は大きく頷きかける。

「ええ！　将来はフラワーアレンジメントの仕事をするのが夢なの。そのための専門学校に通いたいと思っているのよ」

「そんな、咲菜様の将来の夢は旬様の花嫁ではないのですか？　そのために励まれていると思っていましたが」

水川はからかうような、そして少し疑わしそうな視線を向けてきた。

「そうなんだけれど……。うぅん、とにかく、私は花が大好きなの。華道を学べるのがとても嬉《うれ》しいわ」

「そうですか。それはよろしゅうございましたね」

そういうことならと、水川も呑《の》み込んでくれたようだった。

そうして咲菜はもう一度テキストに視線を落として、英語の文章を目で追っていった。

（鞠子さんに勝つための花嫁修業……というのはちょっと荷が重いけれど、こうして学べるのは嬉しいわ。そう考えるようにしよう）


茶道の家元の許《もと》へはなぜか旬も同行することになった。

ひとりで行けます、車で送迎もつくし、と断ったのだが彼は聞かなかった。

「俺から直接頼んでやる。お茶の作法のひとつも知らないふつつか者だが、辛抱強く教えてくれと」

「それは事実だけれど、わざわざ言わなくとも」

「それから、茶道や華道の師匠は、その道を究めたというプライドからなのか、気むずかしい者が多いからな。その辺りを気をつけた方がいい」

「分かりました……」

そう言われると気が重い。

そもそも咲菜は人付き合いが苦手、というか慣れていない。中学校までは友人は多い方だったと思うが、人とどう付き合っていいのかすっかり忘れている。

「俺は挨拶を済ませたら、車で待っていてやるから、なにかあったらすぐに呼べ」

そう言いつつ、スマートフォンを掲げてみせる。

「君はなにかあっても連絡を寄越さないが、遠慮する必要はない」

「遠慮……というか。旬さんは忙しいでしょう？　大学もあるでしょうし、学業の邪魔をしてはいけないと思って」

「俺は三年だ。卒業に必要な単位など既に取得済みだ。あとは卒論だけだ」

「え……そういうものなんですね」

大学に通ったことがない咲菜にはその辺りのことは分からない。ならばさっさと卒論を書いて、三年で卒業できればいいのにと思ってしまうが、どうやらそのようなものでもないらしい。

「この前、鞠子に呼び出されたときにもすぐに俺に連絡すればよかったのに。喜んで同行してやった」

「いえ、旬さんが居たら大変なことになったでしょう……」

「構うことはない。そもそも君は鞠子に遠慮しすぎだ。君と鞠子とは無関係なのに」

「そうかもしれませんが……」

そんなことを話しているうちに、家元の家に到着した。

そこは周囲を高く白い壁に囲まれている日本家屋だった。花涼院家の車が来たと分かったのか、こちらがインターフォンなど押していないのに大きな門が自動的に開いていった。

左右に白い玉砂利を敷き詰めた石畳の道を進み、しばらくすると玄関が見えた。咲菜と旬はそこで車を降りて、車はそのすぐ側にある駐車場へと向かった。個人宅とは思えない駐車場で、車は十台ほど停められるスペースがあった。家で所有する車と、弟子たちの車も停められるようにとのことだろう。

旬が先導するように歩き、引き戸を開けて中に入っていった。

するとそこに着物姿の女性が立っていた。和装が似合うふくよかな女性で、旬の姿を認めてか、柔和な笑顔を見せた。

「そろそろいらっしゃる頃かと思って、こちらで待っておりました。久しぶりね、旬さん」

「ええ、御無沙汰しております」

旬は丁寧に頭を下げた。

「このたびは、無理なお願いを聞いていただいてありがとうございます」

「旬さんのお願いだもの。引き受けないわけにはいかないわ。それで……」

そう言って、旬の斜め後ろに立つ咲菜へと視線を向けた。

「あなたが咲菜さんよね？　この前の婚約披露パーティーでお会いしたわね」

「そ、その節はありがとうございました。私たちの婚約披露パーティーにわざわざ足を運んでいただきまして」

緊張して声を上ずらせながら、丁寧に頭を下げた。

「いえいえ。若いおふたりということだけあって、とても刺激的なパーティーだったわ」

それはもしかして、旬が咲菜に口づけたことを言っているのだろうか。そうとしか思えず、咲菜は耳の先まで真っ赤になってしまう。今思い返しても、なんということをしてくれたのか。

「それでは、俺がいてはお邪魔になるでしょうから、あとはよろしくお願いいたします」

旬はそう言い残して、さっさと車へと戻っていってしまった。

残された咲菜は途端に心細くなる。

「それでは、行きましょうか。こちらにいらして」

そう家元に言われて、中庭に面した長い長い廊下を、ただひたすらに付いて歩いて行った。

先ほどの旬と話している様子では、とても穏やかな人で、優しく咲菜を指導してくれる、と思っていたが、甘かった。

「……そうねぇ、筋はいい、と言ってあげたいけれど、あなたはまるで駄目ね。素養がないわ」

ひととおりのお稽古が終わった後にため息交じりに言われ、返す言葉もなかった。

まず、こちらに来るときには着物を着てきなさいと言われた。そんなことは知らなかったと言い訳をしたら、少し考えれば分かるでしょう？　と馬鹿にしたように言われてしまった。最初だし、着物を着てのぞむような作法もなにも知らないからいいだろう、などということは通じなかった。

そしてお茶の作法をひととおり教えてもらい、その通りにやったつもりだったがまったく駄目だった。手際が悪く、何度も呆《あき》れたように指導された。挙げ句の果てに、緊張のあまり手が滑って、お抹茶の粉を盛大にまき散らしてしまった。

「すみません……」

真っ青な顔をして項垂《うなだ》れる咲菜を見てさすがに気の毒に思ったのか、家元はため息を吐《つ》きつつ言う。

「でも、諦めることはないのよ。素養がないならないなりに努力して、それなりになりなさい。お茶会などに参加しても恥ずかしくないくらいにはなれるでしょうから。でも、それにもかなり努力が必要だけれど」

「はい……精進いたします……」

「今日はここまでにしましょう。次の方達がもう来る時間だから」

そう言って急《せ》かされ、茶室を後にした。

家元はそのまま茶室に残り、お弟子さんという人が玄関まで見送ってくれることになった。そのお弟子さんについて歩きながら、元来た廊下をしょんぼりと玄関へと向かっていたときだった。

なにやら、女性たちが賑《にぎ》やかに話す声が聞こえてきた。しかも、聞き覚えがあるような気がする。きっと気のせいだ。そうに違いないと願っていたのだが、気のせいではなかった。

廊下の先に、こちらへと歩いてくる三人の女性の姿が見えた。皆、和装である。気配を消しながら通り過ぎようとしたが、気付かれないはずがない。向こうから声がかかった。

「あら、咲菜さん」

そう、歩いていたのは鞠子と愛美、そして先日会った取り巻きのひとりだった。

「まさか、咲菜さんもこちらに茶道を習いに？」

「実はそうなんです……」

話しかけられたのに応じないわけにはいかない。俯《うつむ》きがちに答えると、鞠子はまあ、と大袈裟《おおげさ》に声を上げた。

「それは幸運ね。私もずっとこちらで茶道を習っているの。そろそろ師範にならないか、と言われているくらいなのよ」

だろうか。

自分との差を感じて、更に落ち込んでしまう。もうさっさと敗北宣言をした方がいいの

「し、師範ですか……」

「咲菜さんはどう？　お茶を習うのは初めてでしょう？　好きになれそう」

「ど、どうでしょうか？」

「そうですね、まずは好きになることが肝心かと思いますよ」

その様子を見ていたお弟子さんが声を上げた。

「先ほど家元には、まったく素養がないと言われていましたが、気落ちすることはありません」

「えぇ？　まったく素養がない？」

鞠子がぷっと噴き出した。それにつられて愛美も笑い声を上げた。

「あんな優しい家元にそこまで言われるなんて、相当なものじゃない？」

そして愛美は咲菜を小馬鹿にしたように小突いてきた。

「いえ、笑っては悪いわよ愛美さん。家元の言うことは確かだから、本当に素養がないんだろうけれど」

「ええ、そう思います。本当に、自分の妹だというのが恥ずかしいわ」

それに、鞠子の取り巻きも追従する。

「本当にね、大見得を切った割にこれ？　先が思いやられるわ。本当にできない子って、自分になにができてなにができないのか、区別さえできないのね」

「そんな、悪いわよ、そこまで言っては」

そうして三人でおかしそうに笑う。

早くこの場を離れたい、とじっと下を向いていると、

「騒がしいな、なにかあったのか？」

不意の声に顔を上げると、そこには旬の姿があった。鞠子たちは振り向いて旬の姿を認めると、なぜか驚いたように廊下の端に寄った。

「しゅ、旬様……」

旬を見上げながら、真っ青な顔をしている。愛美と取り巻きも鞠子の顔色を窺《うかが》うような仕草をしつつ、顔色をなくしている。

「どうした、お茶の稽古は終わったのか？」

旬は鞠子たちを押しのけ、咲菜の前に立った。

「はい、終わりました」

「家元には厳しいことを言われただろう？　気にすることはない、あの人はいつもそうなのだ。俺も素養がないだのなんなの、さんざん言われた」

「はい」

咲菜が頷《うなず》くと、旬は咲菜の手首を摑《つか》み、そのまま自分が来た方向へと歩いて行こうとした。

（え……鞠子さんたちのことは無視なの？　元婚約者なのよ？　挨拶くらいしないの？）

いくらなんでもそれはない、と気ぜわしげに旬と鞠子のことを見比べていると、

「ああ……そうだった」

旬はくるりと振り返り、鞠子の方を見た。

「咲菜とくだらない賭けをしたそうだな」

「え、ええ……でもそれは咲菜さんが」

そう言いつつ、鞠子は咲菜のことを睨《にら》む。告げ口したわね、というような表情だ。あれは言ってはいけないことだったのだろうか。

「賭けの内容を聞いたが、一方的にお前に有利な内容だったな。本当に根っからの卑怯《ひきょう》者のお前らしい」

「ひ、卑怯だなんて、そんなことはありませんわ。それに、これは咲菜さんも応じたことで」

「どうせ、お前が取り巻き達を集めて、高圧的に迫ったんだろう？　やっていることが中学から全く変わっていないな。何度か注意したが、まったく治らない。きっと一生無理なんだろうな」

そうして軽蔑するような眼差《まなざ》しを鞠子に向ける。

そこまで言わなくてもいいのに、と咲菜は気が気ではなかった。しかしどうやって取りなしていいか分からない。

「まあ、お前の性格についてはいい。もう俺とは無関係だからな。だが、俺の婚約者を陥れるようなことをするならば黙っていられない。咲菜のブレスレットは、俺が彼女に初めてプレゼントした大切なものだ」

「え……プレゼントですって？」

鞠子が目を剝《む》き、そして咲菜の手首の辺りを見た。視線を感じてぞわぞわして、咲菜はブレスレットに手をやった。

「それを無理やりに奪おうとはお前らしいな」

「……いえ、そんな大切なものとは知らなかったので……。咲菜さんも、そう言えばよかったのに」

咲菜に媚《こ》びるような笑みを浮かべる。旬と一緒にいるときとそうでないときとでは、まるで別人のようだ。

「まあ、急に婚約破棄をされて、新たな婚約者にあれこれと求める気持ちは多少理解できる。もうお前には関係のないことではあるが」

「そうですね……。旬様の婚約者と勝負するなんて、考えてみればおかしなことでした。

ごめんなさいね、咲菜さん」

そう言って殊勝に頭を下げる。

鞠子は本当に旬に弱い。これが、惚《ほ》れた弱みということなのだろうか。そんな鞠子を見ると、先ほど小馬鹿にされたことなど吹き飛んでしまった。

「いえ……あの、これは大切なものでお渡しできないときちんとお断りするべきでした……。私こそすみませんでした」

咲菜の方も鞠子に頭を下げた。こんなふうに謝らせてしまい、かえって申し訳なかったと思ってしまう。

「咲菜、そろそろ行くぞ」

そうして旬はくるりと背を向けて、咲菜の手を引いて再び歩き出してしまった。咲菜は鞠子たちに一礼して、一緒に歩いて行った。

「あの……」

「なんだ？」

「いくらなんでも冷たすぎるのではないかと思うのですが……。鞠子さん、なんだか怖がっていたように思います」

「優しくしてどうする？　変に期待されても困る。特に鞠子は、自分のいいようにあれこれと解釈するようなところがあるから」

冷たいように思えて、実は鞠子のことを気にしているのだろうか。早く自分のような元婚約者のことは忘れて、新たな道に進んでもらいたい、だとか。

「鞠子のことはもういい。それよりもお茶はどうだった？　やっていけそうか？」

「うぅーん、それはどうでしょう？　素養は全くないけれど、それなりになれるように努力しましょうと言われました」

「なるほど、俺と同じだな」

そう言って微笑《ほほえ》んでくれた旬に、咲菜もつい笑顔になってしまった。

*

もう鞠子との勝負はなくなったので、花嫁修業をする必要もなくなったが、だからと言って全てを投げ出す気にはなれず、また、あれだけ自分を卑下している姉を見返したい、という気持ちもあり、咲菜は継続して花嫁修業をしていた。

美術史と世界史は好きになれそうだと思ったが、学ばなければならない範囲が広すぎて、うんざりしてしまった。

華道は楽しみに臨んだが、茶道での反省を生かして着物を着て行くと、慣れないせいか帯の締め付けが強くて気持ち悪くなってしまい、満足に稽古をつけてもらえなかった。華道の家元にも不興を買ったような気がする。

(もう駄目だわ、限界よ。これ以上がんばれる気がしないわ……)

咲菜は部屋のソファに横たわりながら、なんとはなしに過ごしていた。

花嫁修業を始めてからかれこれ一ヶ月が経《た》ち、今まで連日続いたお稽古だったが、今日はたまたまどれも入っていなかった。

怒涛《どとう》のような日々にゆっくり考える時間もなかったが、今、じっくり考えてみると、やはり自分にはなにもかも向いていないような気がしてきた。

無力感に打ちひしがれ、劣等感に苛《さいな》まれていた。どうあっても旬の花嫁として相応《ふさわ》しくなれないと思いつめてしまう。

(いえいえ、なにを考えているのかしら？　旬さんの目当ては私の能力なのよ。……私に能力がなかったら、きっと見向きもされなかった)

そう考えるととてつもなく寂しい思いになるのはなぜだろう。ついこの前までこんな感情は持っていなかったはずなのに。

このままでいたら自分がどうにかなってしまうような気がした。

「咲菜様、よろしいでしょうか？」

いつの間にか水川がソファの前に立っていた。だらしないところを見せてしまった、と咲菜は慌てて身体《からだ》を起こして姿勢を正した。

「なにかしら?」

「……お部屋でくらいゆっくりとおくつろぎください。私のことは家具かなにかと思って」

「家具ですって? しゃべる家具なんていないわよ。水川さんは私が信頼する方よ。水川さんがあれこれとしてくれるから、私はかろうじてここに居ることができるのだから」

そう言うと、水川はなぜか照れたように顔を赤らめてから、こほんとひとつ咳払《せきばら》いをした。

「薫子《かおるこ》様がお茶でもいかがかと。旬様も同席なさるそうです」

「うぅん、本当はそんな気にはなれないけれど、せっかくお誘いいただいているのならば」

そうして薫子の招きに応じて、離れのテラスまでやって来た。

そこには既に旬の姿があり、薫子の姿はなかった。

「薫子さんは用事ができて、三十分ほど遅れるそうだ」

旬の言葉に頷きつつ、咲菜は彼の隣に腰掛けた。すぐにティーポットとカップをトレイにのせた使用人がやって来て、咲菜の目の前でティーポットからカップへと紅茶をそそいだ。芳醇《ほうじゅん》な香りが漂ってきて、少し落ち着いた気持ちになれた。

咲菜は話すのは今しかない、と決意して切り出した。

「やはり、私には旬さんと結婚するなんて無理だと思うの。そもそも素養がないのよ」

「俺の妻になるのに素養なんて必要があるのか？」

「あるでしょう、花涼院家の嫁になるためにはそれなりの素養が必要でしょう？　旬さんが私を選んだのは、私に特殊な能力があるからだけれど、私の他にも特殊な能力を持った人はいると思うの！」

咲菜は拳を握りつつ、熱弁する。

「花涼院家が持つネットワークを使えば、そんな人を探すことはできるでしょう？　そして、その人と結婚すればいいと思うの。私にはやっぱり無理よ。花涼院家に相応しくなれない」


はっきりとそう言い切るが、旬は浮かない顔だ。


「そんなもの、ずっと探している」

「え？」

「言っただろう、花涼院家にとって能力者はなにより妻として優先される、と。俺が生まれる前から、ずっと探しているんだ。そして、見つかったのが君、ただひとりだ」

「え……そうなの？　いえいえ、私の他にもいるでしょう？　予知能力者だとか、霊能力者だとか」

「そんなもの、ほとんどがインチキだ。そしてほんの僅かな本物の能力者の中で、女性であり、俺と年齢が釣り合う者を見つけるなどどんなに困難か分かるだろう？」

「た、確かにそれはそうかもしれない……けど」

「君は俺がやっと見つけた、俺のまことの花嫁だ。離すつもりはない」

熱い眼差しを向けられて、咲菜は言葉を失った。旬の言うことは真実であろうし、そうならば、咲菜はもう花涼院家の嫁となる以外ない。

しかしやはり旬に釣り合うようになることはできないと思ってしまう。そうなると、ずっと『旬には相応しくない花嫁』と言われる。旬との結婚を心から望んでいるわけではないが、劣っていると言われるのは本意ではない。

「そうよ、花嫁修業なんてやめてしまえばいいじゃない」

見ると薫子がやって来たところだった。今の会話の断片を聞いたのか、そんなことを言いながら席についた。

「他者になにを言われても気にすることはないわ。どんなに素晴らしい花嫁であっても、なんだかんだと難癖をつける者はいる。聞けば、花嫁修業を始めたのも他者になにか言われたからなんでしょう？　そんなもの、無視すればいいのよ」

「それはそうなんだけれど……」

そもそも、旬とは契約結婚のはずである。そんな人のために自分磨きをするのはどうかと思ってしまう。しかし、鞠子や愛美にずっと小馬鹿にされるのは望まない。勝ちたい、というより、認められたい。

「やはり旬さんに相応しい花嫁になりたい、と思うわ」

「ほほう」

なぜか旬が嬉《うれ》しそうに、身を乗り出してくる。

「俺とは契約結婚であり、俺の花嫁になどなりたくないと言っていなかったか？」

「そ、それはかわりないわ！　ただ、姉を見返したいという気持ちがあって」

そうして幼い頃から姉には馬鹿にされて、という事情を話していった。実際にされたことを言うのは、家族の恥を晒《さら》すようで気が咎《とが》めたので、その辺りはぼやかしつつ、義母や姉には敵視されていたことを話した。

「私みたいな落ちこぼれでも、努力をすれば輝けると示したい……。旬さんがくれたこの勾玉《まがたま》で能力を封じて、ようやく普通に暮らせるようになれたのだから」

「姉を見返すだけでいいなら、なにもオールマイティにできるようにならなくてもいいんじゃないかな？」

薫子は運ばれてきた紅茶に口をつけつつ言う。

「そもそも、短期間で多くのことを学ぼうとするのは無理がある。なにか得意なことを伸ばすのがいいのでは？」

「いろいろと学ばせていただいていますが、得意は……残念ながらないんです」

「ならば、一番好きなのはなに？」

「好きなのは華道……です。そもそも、フラワーアレンジメントを学びたいと思っていたので。ですが、華道の家元にも、その……そもそも素養がないので教えても無駄だと言い切られてしまいまして」

「華道か。ならば私でも教えることができるわ」

「え？」

咲菜ははっと頭を上げた。

年下の薫子に、と一瞬思ったが、彼女は花涼院家の令嬢なのだ、きっと幼い頃からお稽古事をひととおり習っているだろう。

「薫子さんが教えるなら間違いないな」

なぜか旬は棒読みだ。

「なに？　なにか文句があるの？」

薫子が拳を上げて抗議をすると、『別に』と言ってふっと視線を逸《そ》らしてしまった。それに、なにかの意味を感じてしまう。迷うが、教えてくれるというならこれほどありがたいことはない。旬が探してくれた華道の家元は、仕方なく咲菜に教えてくれているという雰囲気を隠さず、ため息が多い人で、ついつい義母を思い出してしまう。

「本当に私なんかに教えてくれますか？　かなり根気がいると思うけれど」

「根気ならば誰にも負けていないわ。それより、私に付いてこられるかしら？」

婚約披露パーティーの前、咲菜を磨き上げた薫子のことを思い出すと、彼女がかなり厳しいということは知っていたが、そのおかげでパーティーで恥をかかずに済んだのは事実だ。お任せすれば間違いないと思えた。

「よ、よろしくお願いします」

咲菜は立ち上がり、薫子に頭を下げた。


こんなはずではなかった。

咲菜は自室に戻って来るなり、ベッドに倒れ込んだ。

薫子の稽古はびっくりするほどスパルタであった。

まずは着物の着付けから始まった。

薫子は古くからのしきたりにこだわるタイプのようで、華道の歴史を説明され、華道の心を知るには着物を普段着としていた頃のことを知らないといけない、と理由を述べられ、薫子に華道を習うようになってからずっと和装である。

薫子は人を着飾らせるのが好きで、たくさんの着物を咲菜のために揃《そろ》えて、今日はこの着物、明日はこの着物、と指定してきた。かくして咲菜は寝るときとお風呂に入るとき以外は着物で過ごしていた。かなり窮屈な思いをしている。

そして、華道のお稽古は毎日八時間は行われている。

花が好きでフラワーアレンジメントの勉強をしたいと思っていたが、さすがにへこたれそうだった。

しかも、知識として知ってはいたが、華道とフラワーアレンジメントは違う。フラワーアレンジメントはとにかく華やかに花を飾ることに主眼を置かれるが、華道は自分を高め、それを花で表現するものだ。

華道は精神修行であった。

だからこそ、薫子の稽古も花を飾るだけでない、厳しいものだった。今日は正座したまま三時間過ごすことを要求され、足がパンパンだった。少しでも足を崩そうものなら、姿勢が悪い、と背後から棒で肩を叩《たた》かれた。お寺で座禅をしているような気持ちだ、と言ったら、

「そうね、近々寺に赴き座禅修行をしてみましょう。滝行もいいかもしれないわね」

薫子は楽しそうだったが咲菜は倒れそうだった。

「あの……咲菜様。連日お疲れのようですが、大丈夫ですか？」

水川がやって来たのにも気付けなかった。そして、彼女が来たというのにベッドから起き上がることもできない。

「せっかくのお着物に皺《しわ》がついてしまいます……。とりあえず、お着替えをされては？」

「ええ、そうね」

今日と明日は薫子は一旦、本家に戻るとのことで不在である。夕食の席にも彼女はいないだろう。ならば、少しは着物をサボってもいいだろうと思い、咲菜は水川に手伝ってもらって着替えをした。

「最初の頃は毎日具合が悪くなっていたけれど、着物を着るのも大分慣れたわ」

「ええ、そうでしたわね。どうなるものかと心配しておりましたが、よくがんばられていると思います」

そんなさりげない言葉でも嬉しく思ってしまう。

「ですが、少し行きすぎのところがあるのではないかと心配です。薫子様はこうと決めたら突っ走る方なので」

「確かに厳しい先生だけれど、でも、自分で教えてくださいとお願いしたのだから、がんばってみるわ。それに、花の心を知るにはまず自分の心を知らなければならない、花を美しく生けるためには、自分を磨かなければならない、という薫子さんの言うことはその通りだと思うもの」

そうして薫子の言うとおりにできれば、自分はもっと伸びることができる。そう思うことができていたので厳しい稽古にもついていくことができた。

「あまりご無理をされませんように」

とでした」

「ええ、分かっているわ」

「ところで、旬様がお呼びです。お急ぎではないそうですが、居間にお越し下さいとのこ

「そう……ありがとう」

用事があるならば、今日の朝食のときに言えばいいのにと思いながら、洋服に着替えた咲菜は旬の元へと向かった。

旬は居間のソファに腰掛け、紅茶を飲みながらくつろいでいた。咲菜が来たことに気付くと立ち上がり、こちらまで歩いてきた。

「実は君に客が来ている。客間に待たせているのだが」

「え……どなたでしょう？」

客といっても心当たりはない。きっと嬉しくない客人だろうなと考えてしまう。そして、その予感は当たった。

「君の両親だという人が来ている。俺たちの結婚に難癖をつけにきたのだ」

「え……」

「どうする？　会いたくないなら追い返してもいい。結婚のことも、当人同士のことだと押し切ればいい。実はお前は父親ではない、と明かしてやってもいいが」

本当は伯父の子供なのだ、と明かしたらどんなことになるだろう。咲菜に能力があるこ

とでそれは明らかだと旬は言うが、それは表立てられないことであり、他に証拠などない。迷ってしまう。できれば会いたくないが、ずっと気にはしていた。ならば、向こうから訪ねてきた今がいい機会なのだろう、と考えた。

「あの……いつまでも逃げているわけにはいかないのできちんと話をしたいと思います。旬さん、立ち会っていただけますか？」

「ああ、もちろんだ」

旬は咲菜の肩に手をおいた。それだけで心強く感じ、両親が待つ客間へと向かった。

「咲菜……、お前、こんなところでなにをしているんだ？」

父親が立ち上がり、咲菜を非難するような視線を向けてきた。つられて立ち上がった義母は、怪訝《けげん》な表情を浮かべていた。

咲菜は旬に促され、ふたりの向かいのソファに腰掛けた。ふたりを前にしているだけで身体《からだ》が強《こわ》ばってしまう。

しかし黙っているわけにもいかない。咲菜は思い切って頭を上げ、ふたりを見つめつつ話し始めた。

「あの、今はこちらでお世話になっています。家を出てから、偶然旬さんと出会って、それで」

「婚約したと、愛美に聞いた」

父が鋭く言う。まるでそれを咎めているようだ。

「まったく、なにをやっているんだ？　呆《あき》れるな。世間知らずにもほどがある。お前の年齢で結婚など、考えられないことだ」

「そうよ。こちらのおうちがどんなお宅か知っているの？　あなたなんて、本当ならお屋敷に入ることも畏れ多いようなお宅なのよ」

強く言われ、ちゃんと話そうと決意してきたのに、結局俯《うつむ》いてしまう。ああ、私は実家に居た頃とずいぶん変わったように思っていたけれど、そうではなかったと、自分にがっかりした。

「やはり四年も引きこもっていただけあるな。身の程というものを知らない。いつまでも家に居てはと、半ば強引に家から出したのもこちらの親心だということを理解するのはお前には無理だったようだ。結婚になど逃げて」

「そうですよ。私たちだって断腸の思いだったのよ、世間知らずのあなたをひとりで家から出すのは。でも、あなたの将来のためだと思って心を鬼にして家から出したのに」

「なんて恩知らずな」

「やはりあなたは、どこまでも駄目な娘ね。どうやって花涼院家の方たちを騙《だま》したか知らないけれど。ずる賢いところは、あなたのお母さんにそっくりよ」

そう言って鼻でふん、と笑う。

母のことを悪く言われて悔しくて仕方がないが、反論する勇気がなかった。反論すれば、それ以上に酷《ひど》いことを言われるのが今までの経験から分かっていたからだ。

「……なるほど」

旬が不意に声を上げた。

「そんなふうに娘を卑下する両親に育てられて、咲菜は幸せだな。しかも、咲菜のためを思って実家から追い出しただと？　よくもそんなことを言える」

「な、なんだと！」

父が憤って拳を握り、立ち上がろうとするがそれを義母が遮った。『あなた、この人を怒らせるのはよくないわ。辛抱して』と小声で言ったのがこちらに聞こえてしまった。

「咲菜は俺と結婚する」

旬ははっきりと言い切る。

「あなたたちの許可を得る必要はないように思える。咲菜からは、無理やりに実家から追い出されたと聞いている」

「で、ですから！　それはこちらの親心で」

「親心だったら、なぜ最初に咲菜が手紙を出したときにこちらに連絡してこなかったのか？　咲菜のスマホの番号は知っていたはずだ。手紙を読まず、俺との婚約のことを知らないにしても、親心があるならば、家を追い出してからどのような生活をしているか気になって連絡くらいしてくるだろう？」

「そ、それは……」

父は口ごもり、真っ赤な顔をして俯いた。

旬はその様子を見て一気にまくし立てるように言う。

「自分たちで手放しておいて、今更一体なんの用なのだ？」

「あの、この娘はとても花涼院家に嫁げるような娘ではないのです」

義母が咲菜のことを見ながら言う。

「こんな娘を嫁がせては、西島家の恥になりますし、花涼院家も恥をかくことになるでしょう。あなたに相応《ふさわ》しいお嬢さんは、他にいくらでもいるでしょう？」

「そうです。なんならうちの愛美はどうでしょうか？　咲菜よりもずっと器量よしで、学校の成績もトップクラスでした。なにをやっても人並み以上にこなします。今は大学の英文科で学んでいますが、なんなら中退させることも厭《いと》いません」

両親が来たのはそれが目的なのか、と咲菜は頭がくらくらしてきた。結局、彼らは咲菜のことなどなんとも思っていないのだ。いびつながら家族だと思っていたが、他人よりも遠い存在だったとはっきりと分かった。

「……ああ、あの性格の悪さが顔に出ている女のことか。お断りだ。あんな女が花涼院家に相応しいだと？　どうやらあなたたちの目は節穴のようだな」

　そこまで言わなくてもいいのに、と咲菜はそわそわしてしまうが、旬はまるでそんなことは気にしていないようだ。自分の息子のような年齢の旬にそう言われて、両親も不快そうだったが、旬についてはなにも言わなかった。ただただ、咲菜を攻撃してくる。

「咲菜は今、花嫁修業をしていると愛美から聞きましたが、あまり上手《うま》くいっていないようですね。こう言ってはなんですが、この子は生まれつき愚鈍で、もうどうしょうもないレベルなのです……」

　そんな義母の言葉に、父も追従する。

「そうなのです、本当にお恥ずかしい限りですが、もうどんな親心でも庇《かば》いきれないほどの、出来損ないなのです。なにをさせても人並み以下にしかできない」

　花嫁修業がうまくいっていないことは事実であり、咲菜はなにも言えない。努力はしているが、形にはなっていない。なにひとつ誇れるものはないと、改めて自分のふがいなさをかみしめていると、

「あの……そんなことはありません……」

　不意の声に振り向くと、そこには水川の姿があった。

「私は、咲菜様の身の回りのお世話をしている者です」

　水川は深々と頭を下げた。

「差し出がましいとは思ったのですが、言わせてください」

旬が水川へ向けて頷《うなず》くと、彼女は一歩踏み出してから思い切った、という表情で言う。

「確かに最初は、この方が旬様の花嫁に、と訝《いぶか》しく思うこともありました。ですが、咲菜様はどんどん美しくなられて、目を瞠《みは》るようでした」

水川がそんなふうに思っているとは知らなかった。確かに最初は驚いただろう。パーカーにデニムパンツにスニーカー姿で、伸び放題の髪をひとつに結わえているような状態だった。

「見ておわかりにならないのですか？　恐らくご実家にいたときとは見違えるように美しくなられたと思います。肌の色艶も見違えるようですし、こちらに来たばかりの頃は暗い表情が多かったのですが、明るい笑顔が増えました。私たち使用人たちも、その変わりようには驚いています。お金をかけているから、ではなく、咲菜様が努力されているから変われたのです」

確かに、最初の頃は水川以外の使用人たちは、旬の花嫁だから仕えている、という雰囲気があった。それが徐々に受け入れられていることは感じていた。

「花嫁修業についても、やりすぎだと心配になるくらいに打ち込んでらっしゃいます。もし形にならないにしても、辛《つら》いことにも堪えて努力できる姿勢は、花涼院家の花嫁として必要なことだと思います」

「……本当に差し出がましい。使用人の分際でなにを言うの？」

義母が鋭く声を上げた。

「あなたになにが分かるというの？　咲菜との付き合いもほんの数ヶ月ほどでしょう？　十年近くも一緒にいた私たちの方が咲菜のことは知っています！」

「付き合っている長さの問題でしょうか？　私にはとてもそう思えません」

水川も負けていない。

「それに、先ほどから、親心、親心と言いますが、本当に親としての心があるのならば、その努力されている点を評価してはいかがですか？」

「まあ！　私たちを馬鹿にして！　花涼院家も落ちたものね！　こんな女を雇っているなんて！」

「……水川は花涼院家で長く働いている信頼できる侍女だ。あなたたちよりよっぽど信頼できる。それに、我が家を侮辱するような発言は看過できないな？」

旬が鋭く言うと、義母はしまったというような表情を浮かべた。

「一体なにしに来た？　咲菜の代わりに姉を俺の嫁にと？　お断りだ、俺たちの結婚は、うちの両親も親戚達も了承していることだ。これ以上ことを荒立たせるつもりならば、こちらも黙ってはいられない。咲菜が実家に居たときにお前たちからどんな虐待を受けていたのか全て暴露する」

「ぎゃ、虐待だと？」

父が心外とばかりに声を裏返した。

「そうだ。咲菜に家事を強要し、少しでも失敗すると酷くなじっていたそうだな。咲菜が家事を担うことで今まで雇っていた家政婦は雇わないようになったというのに、こづかいも与えず、満足に服も買ってやらなかったな」

「え……旬さん、なぜそんなことを知っているの？」

確かに旬の言う通りなのだが、そのことについては話していなかった。

「咲菜を怒鳴りつけるようなことは日常茶飯事で、咲菜が頬を腫らしながらゴミ捨てをしているところを近所の者が目撃している。これを虐待と言わずになんなのか？」

旬は鋭い眼差《まなざ》しを両親へと向ける。一気に、居心地が悪そうな表情になる。

「警察に通報してもいいが……それよりも西島の本家に聞いてみることにしようか？」

「い、いえ！　それだけは！」

父が焦っている。こんな横暴な態度の父だが、本家には弱いのだ。

「ならば、これでお引き取り願おうか？　事を荒立てるつもりならば、受けて立つが」

旬が強気な態度で言うと、両親は顔を見合わせ、そのまま客間から出て行った。

まるで嵐が過ぎ去ったようだ。

咲菜は安堵《あんど》のため息を吐《つ》き、それから水川へと視線を向けた。

「水川さん……ありがとう。私を庇っていろいろ言ってくれて」

「いえ、思っていることを言っただけですので。差し出がましいことをしました」

そう言って一礼し、客間から出て行ってしまった。

（見てくれている人は、見てくれているってことね。私に味方してくれるなんて……。花涼院家の使用人という事情があるにしても、嬉《うれ》しいわ）

そう喜びつつも、両親には結局なにも言えなかったなと思ってしまう。旬がすべて言ってくれたようなものだ。

（いつか、旬さんに頼らずとも自分の言いたいことが言えるように強くなりたい）

そう考えた途端に『精神修行よ！　滝行よ！』という薫子の顔がまぶたに浮かび、ぷっと噴き出してしまった。

「どうした、なにがおかしいんだ？」

旬が怪訝《けげん》な表情を向けてきた。

「いえ、なんでもないわ。それより、どうして私の実家のことが分かったの？　服を買ってもらえなかっただとか……」

「自分の花嫁のことだ、そのくらい調べる」

そう難なく言い切った旬を見て、油断のならない人だと警戒心を抱きつつ、自分もそのくらいの余裕を身につけられたら、と考えていた。

第四章　裏切りと罪の花

「今日、母と弟が帰ってくる。夕食の席で紹介するので、そのつもりでいてくれ」

朝食の席で不意にそう言われ、咲菜《さきな》は神妙な面持ちで頷いた。

花涼院《かりょういん》家に来てからかれこれ三ヶ月ほどが経《た》っていた。

今まで静養のために海外にいた母と、その付き添いも兼ねて海外留学していた弟が帰って来るという。どんな人たちだろうと緊張してしまう。

「母と言っても弓子《ゆみこ》さんは隆彦《たかひこ》さんの再婚相手だ、そんなに気を張る必要はない」

「あっ、そうだったんですね」

今まで明かされていなかった事情だった。では、実の母親は、と気になったが、旬《しゅん》はそれを話すつもりはないようだ。複雑な事情があるのだろうか、と勘繰ってしまう。

「それから、弥生《やよい》さんも来ることになっている。そちらの方が咲菜にとっては頭が痛いかもしれないな」

「ああ、そうですね……」

この前、弥生に言われたことは今でもときどき不意に思い出して嫌な気持ちになる。次もなにを言われるかと心配になってしまう。

「大丈夫だ、今回は俺が一緒にいるから。弥生さんにはなにも言わせない」

そう言ってくれるのをとても頼もしく思う。

このところ、旬なしでは居られないと思うようになっていた。旬はなにがあっても、咲菜を庇ってくれるし守ってくれる。どうしてそこまで、と思うほどだ。

「あの、以前から気になっていたのですが、花涼院家ではお父さん、お母さん、ではなく、名前で呼ぶんですね」

「父、母というのは役割だからな。その人のことを認めていないようで好かない、というのが隆彦さんの考えだ。基本的には名前で呼ぶ」

当主がそのような考えならば、咲菜も従った方がよさそうだ。

「ええっと、お母さんが……」

「弓子さんで、弟が拓真《たくま》だ」

そのふたりの名前ならばすぐに覚えられそうでよかったと思う一方で、正月などの集まりのときには親戚も全て名前で呼ばないといけない。おばさま、とか、おじさま、では誤魔化せないということだ。これは事前に勉強が必要だろう。

「今夜は花涼院家が勢揃《せいぞろ》いということですね」

「勢揃い、というほどでもない。付き合いがある親戚は三十人ほどになるから。正月の集まりにはそのくらい出席する」

「そうでしたか……さすがです」

なににしても初めて旬の母に会うのだ。粗相のないように、と緊張してしまう。服はなにを着ればいいだろうか、このところ和装になれてきたので和装がいいだろうか、と薫《かおる》子《こ》に聞くと『もちろんだ』と早速着物選びが始まった。


夕食は十九時からの予定だったが、咲菜はそれよりも前、十八時半には旬と共に離れにある会食室へとやって来た。以前は六人掛けのテーブルだったが、今夜は八人掛けの別のテーブルが設置されていた。

一番乗りだと思っていたが、会食室には既に人がいた。見覚えのないふたりだったから、弓子と拓真なのだろうと察しがついた。ふたりは食卓ではなく、壁際にある椅子に腰掛けていた。

「ずいぶんと早いですね、弓子さん」

旬が言うと弓子は立ち上がり、こちらに向けて一礼した。

胸元が大きく開いた薄青色のイブニングドレスを身に纏《まと》い、白いピンヒールを履いていた。一粒ダイヤの控えめなネックレスと、ダイヤの華奢《きゃしゃ》なブレスレットをつけている。爪は短く切りそろえられていたが、ドレスに合わせてか薄青色のネイルをしている。

「ええ、旬さんが鞠子《まりこ》さんを振って、新しい婚約者を連れて来たというから、早く会いたくて。あなたが咲菜さんね？」

冗談めかして言って、咲菜に人懐っこい笑顔を向けてきた。

「花涼院弓子です。旬さんの母親、ということになっていますが、恋人でもいいくらい」

「弓子さん、冗談が過ぎますよ」

「あら、ごめんなさいね」

そう言って微笑《ほほえ》む表情もとても愛らしい。弓子は若くかなりの美人で、旬とふたりで並んでいると本当に恋人のようだった。

「西島《にしじま》咲菜です。私も早くお会いしたいと思っていました」

咲菜は着物の帯のあたりで手を合わせて、ゆっくりとした所作で弓子に頭を下げた。

今日は落ち着いた色合いの藍色の着物を着ていた。夕食の席だということで、あまり若々しすぎる、派手な色は似合わないと薫子にアドバイスされたからだ。

「あら……ずいぶんと育ちのよさそうなお嬢様ね」

「え……？　あの、いえ、そのようなことはありません」

せっかく丁寧に挨拶できたのに、すぐに慌てた声を上げてしまう。それを見て、弓子は色々と察したのか、ひとつ頷《うなず》いた。

「花嫁修業をがんばっている、と先ほど使用人から聞いたのよ。努力家のかわいらしい方だって」

「そう言っていただけるのは嬉しいですが、まだまだです。ご指導ご鞭撻《べんたつ》お願いします」

再び頭を下げると弓子は旬と顔を見合わせた。なんだか、ふたりの間にだけあるような空気を感じて、咲菜は心がざわざわするような、不思議な感覚に陥った。

（義母と息子ってこんな雰囲気なのかしら……。なにはともあれ、私の義母とは大分違うわ）

それともこれは表向きだけなのだろうか。それは分からない。

「私相手にそう堅苦しくしなくて大丈夫よ。仲良くしましょう」

「そう言っていただけると嬉しいです。よろしくお願いします」

「それから、こちらが私の息子の拓真よ」

そう言われて彼は立ち上がり、咲菜に手を差し出してきた。

年の頃は十六か十七歳辺りというところだろうか。背が高く、目元が旬に似ていると思えた。

「拓真です。よろしくお願いします」

「咲菜です。こちらこそよろしくお願いします」

そう言って握手を交わした。すると拓真は満面の笑みを浮かべた。

「前のお姉さんは綺麗《きれい》だったけれどなんだか怖かったから、今度のお姉さんは優しそうで安心したな」

「これ、拓真。なにを言うの？」

「だって、鞠子さんは自分にも他人にも厳しい人だったからさ。言ってなかったけど、去年の俳句の会で、俺がちょっと面白い俳句を詠んで周囲に失笑されたとき『私の弟になるんだから、もっとちゃんとしてもらわないと困るわ』って言われたことがあるんだよ。まだ結婚もしていないのにさ」

　そう言って拓真は唇を尖《とが》らせた。

　弓子は息子を見つめ、困ったような表情をしている。どうやら彼には手を焼いているようだ。

　そんなことを話していると、会食室にまた人がやって来た。薫子だった。今日はゴスロリ姿ではなく、咲菜と同じ藍色の着物を着ていた。

「弓子さん、拓真さん、久しぶりね」

　そう気軽に挨拶して、薫子は咲菜の隣に立った。

　なぜか薫子の姿を見て、弓子がはっと息を呑《の》んだ気がした。

「そうでした、薫子さんもこちらに来てらしたのでした。挨拶もなく失礼いたしました」

　弓子は深々と頭を下げた。

「そんな堅苦しい挨拶はいいのよ。それよりもこの着物、どう？　咲菜さんに合わせたんだけれど？」

そう無邪気に言う薫子を見て笑顔の弓子だったが、先ほどまでの笑顔とは明らかに違う。少々警戒しているような顔だ。

「ええ、いつもの黒いドレスもお似合いだけれど、やはり着物もよくお似合いになりますね」

「そうでしょう？」

薫子はとても満足そうだった。咲菜の肩に手を回し、頬をくっつけてきた。

「薫子さんはかなり咲菜さんを気に入られたようですわね」

「ええ、そうなの。私たち、仲良しなのよ。花のお稽古も一緒にしているの」

そんなやりとりを見つめつつ、このふたりはどういう関係なのか気になった。旬と薫子とは同じ母親で、弓子は後妻で、弓子は旬とは良好にやっているが、薫子とはあまり上手《うま》くいっておらず、気を遣っているのだろうか。そんなふうにも思えた。

「さあ、そろそろ席につきましょうか？」

弓子がそう言い、それぞれの席に着くことになった。

間もなくして弥生がやって来て、続いて隆彦が会食室に入ってきた。隆彦が席についたのを合図にしたように、夕食が始まる。まずはそれぞれの飲み物が、続いて前菜が運ばれてきた。

「さあ、それぞれにグラスを持とう」

そう隆彦が呼びかけ、全員がグラスを持った。

「まずは弓子と拓真が半年ぶりに帰国したことを喜ぼう。それから、この席に咲菜さんという、旬の婚約者を迎えられたことを祝して、乾杯」

皆が口々に乾杯、と言ってグラスに口をつけた。

咲菜はノンアルコールのシャンパンを一口だけ飲むと、ナイフとフォークを持って前菜の子羊のテリーヌを切って口に運んだ。もうどのナイフを使ったらいいのか、などと迷うことはなくなった。マナーを気にせず、料理を味わうくらいの余裕はできていた。

「それで、結婚式の日取りはもう決まったのかしら？」

弓子は隆彦の方を見てそう言ってから、旬へと視線を移した。

「いえ、それはまだ。俺が大学を卒業してからと考えています」

「そうなの？　だったら来年かしら？　もっと早くにしたらいいのに」

「そんなわけにはいかないわよ！」

弥生がぴしゃりと言う。

「学生結婚なんて、いくらなんでも結婚を急ぎすぎだわ。それに、相手がこの方になるかはまだ分からないのだから」

ふんと鼻を鳴らし、そして鋭い目つきで咲菜を見つめる。

弥生は相変わらず咲菜に敵意を抱いているようだった。そして今日も厚化粧で紫色のスーツを着て、ネイルも紫である。

「いえいえ、弥生さん。さすがに旬さんもそう何度も婚約者を変えたりしないでしょう？」

弓子は咲菜と弥生のことを見比べながら言う。

「いえ、分からないわよ。他の女性と婚約したことで、かえって鞠子さんの素晴らしさに気づくかもしれないじゃない」

弥生は意味ありげに言ってニィッと口角を上げる。

なんて意地悪な、と思うが、咲菜は淡く笑って切り抜けるしかできない。これでも、なにかあるとじっと俯《うつむ》いていた頃よりはましであるが、反論できないという点では変わらない。

「弥生、いい加減にしなさい。旬の婚約者は咲菜さん以外にいない。お前は未熟だから咲菜さんの素晴らしさに気付けないのだ」

「は？　なにを言うの隆彦兄さん？　どこからどう見ても鞠子さんの方が……」

「うーん、鞠子さんは分からないけれど、自分のことはどうなの？　弥生さんと結婚したいって人は現れた？」

拓真が無邪気な笑顔で言う。

「な、なにを言うの拓真。相変わらず生意気な……」

「だってさぁ、鞠子さんが優れている、それに比べて、って人を担ぎ上げて上から目線で言っているけれど、自分はどうなのかなって思っちゃうんだもん」

弥生に対してそんなことを言うなんて、と咲菜は焦ってしまうが、拓真は弥生に恐れないようで、平然と続ける。

「初めの婚約者には逃げられたんだっけ？　結婚式を来月に控えて、外国に駆け落ちされちゃったんだよね。次の婚約者は自分で見つけて、自分から婚約破棄したんだっけ？　お金目当てだったんだって？　見る目がないよね」

「これ、やめなさい、拓真。そんなこと、誰に聞いたの？」

弓子はわざとらしく窘《たしな》めるが、恐らくは弓子に聞いたのだろう。そう思ってなのか、弥生はその鋭い瞳を弓子へと向け、弓子は困り果てたように苦笑いを浮かべている。

「そんな話はいい。咲菜さんだって驚いているではないか」

隆彦がそう咲菜に水を向けてくるが、どう返していいか分からず戸惑ってしまう。更にふたりの言い合いを険悪にしてしまいそうだ。

「別に咲菜はそんなことでは動じない。人にはいろいろと事情があるということは分かっているだろう」

「ええ、もちろんです」

旬のフォローで咲菜はその場を切り抜けた。

それからは、弓子と拓真が海外滞在中の話をしたり、隆彦が旬と咲菜の婚約披露パーティーの話をしたりして、和やかな雰囲気で夕食が進んだ。

そして、食後のデザートと紅茶が出て来たところで、隆彦が切り出した。

「そろそろ花涼院家主宰で執り行う『花嵐の宴《うたげ》』の準備を本格的に始める時期だ。その主宰者を今回は旬に任せようと思う」

花嵐の宴とは、咲菜が初めて聞く言葉だった。多くの人を招いて、かなり大規模な会なのだろうと想像する。

「正式な婚約者も決まったのだ。そろそろ花涼院家の跡取りとして務めを果たせるようにならなければならない。どうだ旬、できるか？」

隆彦の問いかけに、旬は迷いなく頷いた。

「毎年、隆彦さんの側で会の運営を見ていましたから、特に問題ありません」

「そうか。その席にはもちろん、咲菜さんも一緒に出席してもらうことになるが……」

「ちょっと待って、隆彦兄さん」

弥生が手を挙げて、話を遮った。隆彦は不機嫌な表情になるが、彼女は気にしない。

「主宰者の婚約者として出席するってこと？　それは早すぎやしないかしら？　花嫁修業をしていると聞いたけれど、まったく上手くいっていないらしいじゃない？　普通に出席するだけでもまだ早いと思うのに、主宰者の婚約者として、だなんて考えられないわ！　あなた、出席者に失礼のないようにきちんと挨拶できる？」

そう鋭く聞かれて、自信を持ってできます、とは言えなかった。

挨拶と言っても、もちろん『こんにちは、ようこそいらっしゃいました』だけでは済まない。出席者の名前と顔を覚えて、相手に失礼がないように、それらしい会話をしなければならないだろう。引きこもりで人を避けて生きてきた咲菜にとって、それはとても難しいもののように思える。

「こういうのは慣れだ、場数を踏んでいかないと咲菜さんも慣れないだろう。そのいい機会だと思うのだが……できるよね、咲菜さん？」

隆彦にそう問いかけられ、『はい』と答える他なかった。本当は、まったく自信がなく、花嵐の宴の開催を待たずに今すぐ逃げ出したい気持ちだというのに。

「それから、咲菜さんは最近お花の稽古に精進していると聞いた」

「そう、私が教えているのよ」

薫子が嬉《うれ》しそうに言う。

「花嵐の宴の会場には、多くの花が生けられる。いつも華道家の方にその花飾りを頼んでいるのだが、それを取りまとめる役をやってもらえないだろうか」

「え？」

咲菜は思いがけないことに心が弾んだ。

広い会場の花を生けるとは、どんなふうなのかと興味があった。それにかかわれる、その裏側を覗《のぞ》けるということだ。

「なんですって？　花飾りの取りまとめ役ですって？　それは毎年私がやっていたことではないですか」

弥生がテーブルをばんっと叩《たた》いて立ち上がり、声を張り上げた。

「花嵐の宴の花飾りといえば、宴の要になるといっても過言ではないわ。毎年、どんな花を飾るか、どんなアレンジにするかと、華道家の先生と打ち合わせて作り上げてきたのに。それをこんな訳の分からない娘に任せるなんて！」

「言っただろう？　咲菜さんにはいろいろ経験してもらいたいのだ。花嵐の宴で大切なのはなによりもてなす心だ。それを学ぶ機会でもある。どうだ、やってみてくれるかな？」

「そ、そうですね……」

弥生の刺すような視線を浴びて、咲菜は困って俯いてしまった。

もちろんやってみたい、けれど、弥生の役割を奪ってしまうなんて畏れ多い。そんな重大な役割を自分がしていいのかという思いも大きい。

「もちろんだ。咲菜に任せてもらえればなんの問題もない」

旬は自信たっぷりにそう告げる。

「あまり咲菜のことを見くびってもらっては困る。確かにまだ若く頼りないところはあるだろう。だが、成長しようと努力している。その努力の成果を示せるだろう」

（どうして、そんなに私のことを信頼してくれるの……？）

咲菜は旬の横顔をぼんやりと見つめてしまう。

役割が嫌になって放り出してしまうとか、やると言ったのに結局やれずに逃げ出してしまうとか、そんなことは考えないのだろうか。

「ああ、そうなんだよ旬。最近、咲菜さんが花嫁修業をがんばっていることを聞いてね。着物だって、最初は着せられているようだったが今ではきちんと着こなせるようになっている。めざましい進歩だ。機会を与えればより伸びると思っている。そのためには、大役を任せてみるのがいいと思うのだが。どうかな、咲菜さん？」

そこまで言われては、断るわけにはいかなかった。

「分かりました。過分なことではありますが、私にできることを、一生懸命がんばります」

気づけば、咲菜はそう口に出していた。

自分の努力を見て、自分を買ってくれている。今までそんな経験はなかった。旬も信頼してくれている。それに応えなければならないという気持ちになっていた。

「そうか。今年は去年同様、静川《しずかわ》莉央《りお》さんに頼もうと思っているんだ」

「え？　本当ですか！」

咲菜は喜びのあまり、思わず大きな声を上げてしまった。

「もしかして、莉央さんのことを知っているのかな？」

隆彦の問いかけに、咲菜は大きく頷《うなず》く。

「ええ！　もちろん存じ上げております！　私、莉央さんに憧れていて、彼女が専門学校で教えていると聞いて、通いたいと思っていたくらいなのです」

まさか莉央にこんな形で関われると思ってもいなくて、咲菜は先ほどまでの緊張が嘘《うそ》のように、はしゃいだ気持ちになってしまう。

「ああ……そうでした。去年の花嵐の宴の花飾りが莉央さんのサイトに載っていました。とても見事な花飾りで、本物を見てみたいと思っていたのです。今年はそのお手伝いができるかと思うと、とても嬉しいです」

「そうか、それはなによりだった。頼んだよ、咲菜さん」

「はい！」

咲菜は笑顔で大きく頷き、それを見た隆彦も満足そうに頷き、弥生は信じられないと目を瞠《みは》り、弓子は……なにを考えているのか分からないが、淡く微笑《ほほえ》んでいた。

「そっかぁ、花嵐の宴も世代交代ってことだよね」

拓真がテーブルに頬杖《ほおづえ》をつきつつ、唇を尖《とが》らせる。

「俺も手伝った方がいいよね？　仕方ないなあ、俺は旬兄さんの助手として働くよ」

「……いや、お前の手伝いは不要だ」

旬がばっさりと言い切ると、拓真はわざとらしく頬を膨らませた。

「ひっどい！　いやいや、俺も手伝うって。なんでも言いつけて。旬兄さんのために身を粉にして働くから」

「……。まあ、邪魔にならないようにな」

そうして旬はふっと微笑んだ。

どう見ても仲がいい兄弟に見える。咲菜はそれを微笑ましく見つめつつ、つい自分の家族と比べてしまい、少し落ち込んでしまった。

（姉さんとも……もう少し仲良くなれればよかったのにな）

望んでも無駄なことだと小さく首を横に振り、食事を続けた。

＊

「かなりの大役を任されたね。でも、咲菜さんだったらきっとやり遂げられると思う。私は手伝えないけれど」

「え？　そうなの？　相談相手になってくれると思っていたのに」

翌日、いつものお花の稽古の席で、薫子にそう言われた咲菜はまるで梯子《はしご》を外されてしまったような気持ちになった。

お花の稽古はいつも花涼院家の西外れ、渡り廊下を渡った先にある小屋の和室で行われていた。お茶をたてるのにも使われる和室で、周囲は竹林になっていた。風が吹き抜ける静かな場所で、落ち着いた気持ちで花を生けられる。

「花嵐の宴で生けられる花は、豪華であればあるほど素晴らしい、という評価になっているからな。華道とは違う、完全にフラワーアレンジメントのジャンルよ。そうなると、私ではそもそも役に立てないと思うし、そろそろ本家に帰らないといけないし」

本家、とは和歌山県にある花涼院家の邸宅のことだった。明治に入り、東京に花涼院家の当主が住まうようになったが、本家はあくまで和歌山県とのことらしい。なぜ薫子だけがそこに住んでいるのかは、聞いたのだがはぐらかされてしまった。なにか事情があるようだ。

「なにかあったらきっと旬さんが助けてくれる。去年、花飾りの一切を取り仕切っていた弥生さんにはなにも聞けないだろうけれど」

「ああ……そうだったわ。弥生さん、きっと不快に思っているわよね」

「放っておいていいと思うわよ。昨日の食事の席では、役割を奪われたように言っていたけれど、本当のところは毎年嫌々やっていたから。花涼院家の人間がやらなければならないから仕方がなく、といったところだった」

「そうだったのね。だったらよかったけれど」

しかし、弥生としては、嫌だった役割を代わりにやってくれる、ではもちろんなく、自分の役割を奪って、というスタンスで咲菜を恨むだろうなとは分かっていた。

「たぶん、咲菜さんだったら大丈夫だと思う。私の厳しい稽古にも堪えてきたし、滝行も座禅も及第点をもらえたし。では、花嵐の宴《うたげ》を楽しみにしているから」

薫子は軽く言ってからひらひらと手を振り、和室から出て行ってしまった。

＊

「今年も花嵐の宴の花飾りを任せていただけることになって、光栄に思います。ですが、その仲介役があなたですか……。失礼ですが、このようなことにご経験は？　かなりお若いようですが」

ここは静川莉央の事務所で、咲菜は莉央のマネージャーと話をしていた。咲菜の顔を見るなり顔をしかめ、応接ソファに座るように促し、自分は咲菜の向かいに座るなり、足を組んで話し始めた。

「そうですね、経験はありません。ですが……」

咲菜の言葉に、マネージャーは大袈裟《おおげさ》にため息を吐《つ》いた。

「花涼院家の次期当主の婚約者だとは存じ上げております が……。そんな理由だけで、経験もないのにあれこれ口を挟まれるのは困るんです。莉央先生もそのような方とはやりにくいと言うと思います」

「いえ、口を挟むつもりはありません。ただ、莉央先生が作品を作り上げていくのをサポートしたいと考えています」

「ですが、どのような花を飾るだとかの摺《す》り合わせは必要でしょう？　予算のこともありますし。サポートと言いますが、では基本的にはこちらに丸投げということですか？」

「いえ、決してそんなことは……」

咲菜はすっかり困り果ててしまった。

ここで、去年この役割をしていた弥生や、弥生を手伝っていた人がいたら相手の感触も違っただろう。咲菜のサポートのために、去年も宴の運営に関わった三人が付いてきてくれることになっていたのだが、今日、こちらへ訪ねて行く直前で全員から急に予定が合わなくなったとキャンセルされてしまった。弥生の差し金だろうかと疑わしく思ったが、もしそうだとしてもどうしようもない。仕方なく咲菜はひとりでやって来たのだが、これでは話にならないと思われているようだ。どうしよう、出直すべきかと思っていたとき。

「一体どうしたんです？　お客様ですか？」

事務所に誰かが入ってきた。見ると、それは咲菜が画面の向こうでしか見たことがなかった、長年憧れていた華道家、静川莉央だった。

莉央は四十代半ばで、あまり化粧気のないさっぱりとした顔つきの女性だった。白いシャツとデニムパンツにパンプスという格好で、女性が憧れる芸術家というイメージだ。

マネージャーは莉央に事情を話していった。少し憤ったようなマネージャーの話に、莉央は特に不快そうな表情もせずに、冷静に聞いていた。

「そう、あなたも急にこんな役割をふられて困っているでしょう？」

莉央が優しく咲菜に話しかけてくれた。

「いえ！　そんなことはありません。私、莉央先生のアレンジメントが大好きで！　今回、そのお手伝いができることを嬉《うれ》しく思っています」

「まあ、そうなの」

ゆったりと微笑んだ莉央がなにかフォローしてくれるのかと期待したが、違った。

「いいのよ、仕方がないわ。花嵐の宴のフラワーアレンジメントを任されたことは、いい宣伝になっているから。ここで私が断って、他の華道家がやることになったらそれはそれで面白くないし。ちょうどスケジュールも空いているから、いいんじゃないかしら？」

そこまであけすけに言う人だとは思わなかった。

しかし、そうではないとフラワーアレンジメントの世界で名を売っていくことは難しいのだろうと、納得することにした。莉央のアレンジは素晴らしい、それは間違いない。

咲菜が呆然《ぼうぜん》としている間にも莉央は続ける。

「花涼院家も、まさかこんな方を寄越すなんて驚いたわ。花飾りは毎年花嵐の宴の要になるもの、と言っていたけれど、本当はどうでもいいと思っていたのね」

「いえ、決してそんなことでは……」

咲菜はいつもの癖で俯《うつむ》いてしまう。しかし、ここで自分は当主に期待されているから、と言うのもおこがましいと思うし、そこまでの自信はない。

「花嵐の宴では、かなり大規模な飾りつけをすることになるから、うちでいつも頼んでいるスタッフだけでは足りないのよ。去年はそのスタッフも花涼院家で手配してくれたし、飾り付ける花の発注もやってくれていたわ。そのスタッフたちへの指示も一部してもらっていたし、作業中の食事の準備などもしてもらっていた。そういうこと、あなたで分かる？」

「ええっと……」

「もちろん打ち合わせも何度もしないといけない。あなたの側について、あなたの指示を伝えてくれるような補助役の人がいればずいぶん違うんだけれど。そんな人に心当たりはある？」

そんなことを言われても、すぐに思い浮かぶような人はいなかった。

どうしようかと思っていたそのとき、事務所の扉をノックする音が響いた。誰が来たのか、と身構えていると扉が開き、やって来たのは意外な人物だった。

「ちょっと、お邪魔するわ」

「え……姉さん……どうしてここに？」

咲菜が言うと愛美《まなみ》はふっと微笑んで、莉央の前に立った。

「お久しぶりです、去年、お手伝いをさせていただいた西島愛美です」

「ああ……確か花涼院弥生さんの。なんとなく覚えているわ」

まさか、姉が弥生の手伝いをしていたとは予想もしていなかった。考えてみれば、去年の花嵐の宴で花飾りのことを取り仕切ったのが弥生で、弥生と鞠子は懇意であった。鞠子はその当時、旬の婚約者で、その鞠子が弥生を手伝うのは自然なことであり、愛美も鞠子に言われて手伝いをしたのかもしれない。

「実はそこに居る咲菜は私の妹なんです」

「あら、そうだったの？」

莉央の咲菜を見る目が少し変わった気がした。まるで知らないお嬢様、から、顔見知りの妹、になったようだ。

「ですから、当然私が手伝わせていただきます。それならば、引き受けていただけますか？」

「え……？」

突然の姉の申し出に咲菜は目を瞠《みは》り言葉を失う。しかし莉央の方は、ほっとしたような表情になる。

「ええ、ならば話は別だわ。少しでもお手伝いの経験がある人が入ってくれれば、当日の動きも知っているだろうし、懸案事項は解決するわね。分かりました、この話、引き受けます」

「本当ですか？　あっ、ありがとうございます……」

咲菜は莉央に頭を下げるが、姉の申し出を素直に受けていいかは迷っていた。姉が自分の手伝いをしてくれるなんて、どういう事態かと混乱してしまっていた。

「あ……ごめんなさい。そろそろ次の打ち合わせがあるのよ」

莉央は腕時計を見つつそう言う。

「お忙しい中ありがとうございました。それで、近々正式に打ち合わせをしたいのですが」

まるで家にいるときの愛美とは思えない丁寧な態度だ。それに驚いている間に、話が先に進んでしまう。

「ええ、もちろん。あまり時間がないから、早めがいいわね」

「はい。こちらが連絡先です」

そう言って愛美は名刺入れから名刺を取り出して莉央に渡した。あっという間の出来事で、咲菜は止める間もなかった。

そして莉央のマネージャーに見送られて事務所から出て、エレベーターホールに咲菜と愛美のふたりきりになると、愛美は大きくため息を吐いた。

「突然私が来て驚いたでしょう？」

「ええ……そうですね」

姉を前にするとどうしても俯いてしまう。そろそろ俯く癖は直したいのに、と思っているのに、だ。

「弥生さんからきっとここだと聞いて来たの。父さんと母さんに言われたのよ、あなたの味方をして欲しいって」

咲菜ははっと顔を上げた。

この前、両親が花涼院家に来たときには、咲菜を援助するとか応援するとか、そんな様子はまるでなかった。帰り際も、旬に追い返された、という雰囲気だった。

「父さんも母さんも考え直したみたい。西島家から花涼院家へと娘を嫁に出せるなんて、この上なく素晴らしいことじゃない？　しかも、本家の人たちを差し置いて」

「でも、それが私では、西島家の恥になると」

「だから、私が手伝いに来たんじゃない」

愛美は咲菜の肩に手を置いた。

いつも肩に手を置くときには、指を肩に食い込ませるような、置くというよりは摑《つか》むと言った方がよかったが、今日はそうではなかった。姉の手の温かさが肩から伝わってくる。

「西島家の恥とならないように、私が側で見ていてあげるから。今回のことも、責任を持って私が手伝うわ。あなたにだけ任せてはおけない」

その愛美の気持ちは嬉しいのだが、今までのことがあったので素直に受け止めていいか迷う。両親の要請があったとはいえ、どういう心境の変化で、と疑ってしまう。

「でも、鞠子さんのことはいいの？」

そういった途端に、姉は口元を歪《ゆが》めた。

「ああ、鞠子ね」

鞠子様、と慕っていたはずの人を呼び捨てにして、愛美は腕を組んだ。

「以前は本当に生粋のお嬢様って感じで、周囲にも優しくて、憧れていたんだけれど。このところ、不機嫌で付いていけないのよ。婚約破棄されたことで、本当に変わってしまったみたい！」

愛美は語気を強める。相当に不満が溜《た》まっているような様子だった。

「前から上から目線なのは感じていたけれど、それが最近ますます酷《ひど》くなって。私たちをまるで家来のように扱うのよ。いくら家柄が優れていて本人も素晴らしい人でも、そんなの我慢できないわ。だいたい、いつまでも花涼院家の御曹司にこだわっちゃって。さっさと切り替えて次にいけばいいのに」

「で、でも、十年も旬さんの婚約者で、そのつもりで人生設計したんでしょう？　それが急になくなってしまって、なかなか切り替えができないのでは？」

「誰のせいだと思っているのよ？」

「ご、ごめんなさい」

　姉の鋭い言葉にすくみ上がってしまう。確かにこの言葉は、鞠子の関係者からすると不快な思いになることかもしれない。

「まあ、いいわ。とにかく、もう鞠子に振り回されるのはごめんなのよ。私は賢いから、自分がどういうふうに立ち回れば一番自分に有利かと考える性質なの」

「それで、私に味方した方がいいと……？」

「そうよ。あなたと旬様の結婚式では、私があなたの姉ですっていう顔で出席していた方がいいもの。あなたが花涼院家の嫁になるなんて、なにかの冗談かと思っていたけれど、どうやら旬様は本気であることが父さんも母さんも分かったみたいなの。だったら、家族としてバックアップするべきでしょう？」

　なるほど、姉の魂胆は分かった。ならば、嫌々であっても、咲菜の結婚に味方する気持ちも理解できる。

「あなたはあまり知らないかもしれないけれど、花涼院家の力って本当にすごいの。鞠子の取り巻き達の中にも、鞠子が旬様と結婚するから、鞠子に付いているって子もいるんだから。とにかく」

愛美は咲菜に微笑《ほほえ》みかけてきた。

「今日から私はあなたの味方だから、なんでも相談してちょうだい」

「ええ、助かります。今回の花嵐の宴《うたげ》の件も、とてもひとりでは荷が重いと思っていたの。姉さんは去年手伝った経験があるというし、とても心強いわ」

「ええ、任せておいて。でも弥生さんにはこのことを黙っておいてね。あの人はまだ鞠子の味方だから、私が手伝っていると知られたら面倒くさいことになるわ。私はもう鞠子にかかわるつもりはないんだけれど、私の友人の中には鞠子の味方をする人もいるから、あれこれ複雑なのよ」

「分かりました。弥生さんには姉さんのことはなにも言いません」

「ええ、そうしてね。じゃあ、打ち合わせの連絡が入ったら咲菜に連絡するわね」

愛美はそう言って、ビルのエントランスまで来ると、さっさとタクシーを拾って乗っていってしまった。

＊

それから、愛美は以前とはまるで人が変わったように咲菜を手伝ってくれた。

莉央に自分の連絡先を渡したときには、主導権を握るつもりなのだろうかと危惧したがそんなことはなく、いわば咲菜のマネージャーのような役割をかって出てくれた。雑多な連絡は愛美が受けてくれて、咲菜は中心的な役割をするのに集中できた。

愛美にこんなサポート役ができるとは驚きで、もしかして鞠子の元でも鞠子のサポート役として、気に入られていたのかも知れない。家ではただ咲菜に威張り散らかしているだけと思っていた姉の、新しい一面を見て、彼女を尊敬するような気持ちも湧いてきた。

もちろん、莉央との打ち合わせもサポートしてくれた。

「そうね、今回のテーマは静かな花の海、にしましょう。秋と冬の花をふんだんに使って、まるで花の海を泳いでいるようなイメージで」

莉央はそう言いながら、ホワイトボードに書かれた『静かな花の海』の文字に花丸をつけた。

「この前打ち合わせしたとおり、花は天海花園《あまみかえん》に発注して。半月前の今ならば準備できると思うから。それから、念のためにフラワーショップうかいにも声をかけておいて」

「はい、実は両方とも既に打診はしています。明日には正式に発注しますね」

愛美が任せてくださいとばかりに胸を張った。

それを見てか、莉央は満足そうに頷《うなず》いて椅子に腰掛けた。

「どうなることかと思ったけれど、順調にここまで来られてよかったわ。咲菜さんも、花のことに詳しくて助かったわ。初めは素人のお嬢様が来たと思って、なにからなにまで一から説明しないといけないのかしらと警戒してしまったけれど」

莉央が咲菜に視線を送ってきたので、照れて下を向いてしまう。確かに咲菜は人並み以上に花の知識を持っていて、交わされる専門用語も理解できた。

「うちの妹、実は先生のファンなんですよ」

「え？　そうなの？」

莉央に再び視線を向けられて、咲菜は笑顔で頷いた。

「はい、先生の指導を受けたくて、専門学校に行こうとしていました」

「妹の作品も見てください。今は花嫁修業として華道に力を入れているんですよ」

愛美にそう言われ、咲菜はスマートフォンを取り出して自分が生けた花の写真を莉央に見せた。こんなこと、本当は畏れ多いのだが、姉がそう水を向けてくれたので見せることができた。

「あら、なかなかいい線いっているじゃない。自分が表現したいものがきちんとあるのね」

「ありがとうございます！　そう言っていただけると励みになります。ますます自分を磨きたいと思います」

まさか憧れの莉央にそう言ってもらえるなんて、咲菜は天にも昇るような気持ちだった。もちろん、仕事上の付き合いで褒めてくれたのだろうが、それでも気持ちが弾んだ。

そして打ち合わせは終わり、後は前々日の最終打ち合わせのみになった。前日からは会場であるホテルでのディスプレイが始まり、当日の昼前に完成する予定だった。花嵐の宴は夕方から開催される。

莉央とそのマネージャーが帰った後、咲菜は愛美に話しかけた。

「本当に助かりました。これで大まかなプランはできました。まさか、ここまでサポートしてくださるなんて」

「こんなこと、お安いご用よ。それに、ここまでやってこられたのはあなたの力が大きいわ。お花のこともちゃんと勉強したのね。プロの人ともきちんとやりとりができて、感心したわ」

「いえ、毎日勉強の連続です。まだまだ知らないことが多くて。姉さんがサポートしてくれるのがとても心強いです」

それは本心からの言葉だった。さすが、西島家の令嬢として育ってきたということはある。咲菜よりもずっと色々な事をわきまえている。

「あなた、変わったわね。今まで人の顔色を窺《うかが》うような話し方をしていたのに、それも大分よくなったわ。自分の意見を言えるようになった」

確かに、莉央との打ち合わせでも時にははっきりと自分の意見を言うことができた。提案されたことがよくないと思ったときには、それは考え直したほうがいいかもしれない、と主張できた。

「それに」

愛美はふっと表情を和らげた。

「以前は前髪が顔の半分までかかっていたから分からなかったけれど、あなた、割とかわいかったのね。これだったら自分の妹だって自慢できるわ」

少し照れたような顔をしてそう言った愛美を見て、咲菜は感動してしまった。まさか姉にそんなことを言われる日が来るとは思ってもいなかった。

「これからもっと仲良くしましょう。以前のことがあるから、気が進まないかもしれないけれど。だって、あなたってば本当に暗くて、自分の意見もはっきり言わないし、イライラしてしまったのよ。ごめんなさいね。でも、離れて暮らした方が上手《うま》くいくってこともあるし」

「ええ、そう思います！」

「今までの分まで仲良くしましょう、よろしくね」

そう言って差し出された手を咲菜がとり、ふたりは握手を交わした。

姉が初めて家にやって来たときから、こんな関係になれればよかったのにと思う。しかし、あの頃は幼かったし、複雑な状況を、お互いに受け止めきれなかったという事情もある。

これから、姉ともっと懇意になれればいいと、咲菜は心から思っていた。

＊

「お前の姉のことだが、本当に大丈夫なのか？」

朝食の席で不意に旬にそう言われ、咲菜は面くらいつつも迷いなく答える。

「なにも心配はありません。だって、姉妹ですもの。今までは事情があって仲良くできなかったけれど、成長して、そのわだかまりが解けてきたということだと思うの」

「君をいじめていた姉のことを、そんなにすぐに信じていいのか？」

旬は不満顔である。よほど愛美に不信感を持っているようだった。

旬には、姉が別人のように自分をサポートしてくれて、という話をしていた。それはよかったな、と言ってくれると期待していたが、旬の表情は優れない。

「お前の姉のことは知っている、中学高校と同級生だったから。鞠子の腰巾着として、さまざまな悪事に手を染めていた」

「腰巾着、悪事って、そんな大袈裟《おおげさ》な……」

「大袈裟ではない。鞠子が気に入らない女子がいると、愛美が陰で教師に分からないようにいじめるんだ。何人の女子を転校させたか分からない」

「姉さんがそんなことを？　とても信じられないわ」

そう口にしてから、それは今の愛美を知っているからであって、実家に居た頃の姉を思うとそんなこともあり得るのではないかと思ってしまう。

「本気でそう思っているのか？」

旬に鋭く迫られ、自信のない咲菜は口ごもってしまう。

「それは……鞠子さんに言われて仕方がなくやっていたのでは？」

「鞠子から言われたらなんでもやるのか？　呆《あき》れたな」

「それはそうだけれど。でも、姉さんは鞠子さんのことを信奉しているようだったから。鞠子さんとしては気軽に言ったことを、姉さんは本気で捉えてやりすぎてしまったとか……。今はその夢から目覚めて、鞠子さんにはついていけないなんて言っていたわ。きっと、ようやく本来の姉さんに戻ったのよ」

「君はその勾玉《まがたま》を外して、姉の姿を見てみたらどうだ？　裏切りと嘘《うそ》つきの花が満開になっているのではないか？」

旬の言うことも理解できるが、咲菜はそれを信じたくなかった。

「そんなことはないわ。姉さんは心から私を助けようと尽力してくれているもの……」

「君は人付き合いの経験があまりないようだから、心配しているのだ」

「そんな心配は不要です！　私にだって人を見る目はあります。姉は今までのことを心から後悔し、私を助けてくれているだけです」

「本当にそうか？」

あくまでも疑いの目を向けられ、咲菜は身内のことを言われていることもあり、頑《かたく》なになってしまっていた。せっかく姉を信じると決めたのだ。それに、今のこの状況では姉の力がないとやっていけないというところにまで来ていた。姉に疑いの目を向け、今までのことが無為になることは避けたい、という打算的な考えも浮かんでしまう。

咲菜は旬の顔をじっと見つめ、そして強い口調で言う。

「なにも、私も姉を信じ切っているわけではありません。警戒していますから、大丈夫です。私だって、そんな馬鹿ではありません。それに、旬さんは花嵐の宴《うたげ》の主宰者として他にするべき仕事が山積みなのでしょう？　私に構っているような時間はないのでは？」

「言うようになったな。出会った頃の君とはまるで違うようだ。俺はあくまでも君を心配して言っている。裏切られたと知って傷つくのは君だ」

「私も強くなりました。もし姉が裏切るようなことがあっても大丈夫です」

はっきりとそう言い切ると、ならば君に任せると旬は引いた。そして、なにかあったらすぐに自分に連絡するようにと言われたが、咲菜はできれば旬の手は借りたくないと思っていた。

（私だって、私だけでできるところを見せたい。旬さんに頼るだけではなくて、自分だけで）

なんとしても花嵐の宴の花飾りを成功させなければと決意を新たにした。

「私のことはいいですけれど、旬さんの方はどうなんですか？　宴の準備は順調にいっているんですか？」

少し澄ましたように聞いてみた。

「もちろんだ。万事滞りなく進んでいる。意外なことに、拓真も力になってくれている」

「そうなのね！　それならよかったわ。ねぇ、やっぱりきょうだいって力を合わせていけるものだと思わない？」

咲菜が言うが、旬は浮かない顔だ。

「そうかな、とてもそうは思えない。所詮、ただ同じ家に生まれてきたというだけの関係だ」

「そんなことを言いつつ、拓真さんのことを頼りにしているくせに」

「まったくそんなことではない。俺だけでも充分だ」

旬は嫌そうな顔をしているが、恐らくは照れているだけだろう。これからふたりで花涼院家を盛り立てていくのだろうと思う。それを心強く思いつつ、いやいや、私は花涼院家に入るつもりはないから、と慌ててその思考を頭の外へと追いやった。

＊

旬の心配を余所《よそ》に、それからも愛美は咲菜に尽くす、といってよいくらいの働きをしてくれた。なにか問題があると咲菜に報告し、しかもその解決案まで提示してくれた。

咲菜が変わったように、愛美も変わったのだろう。そう思っていたときのこと、莉央との最後の打ち合わせ日のことだった。

「え……花が調達できないって、どういうこと？」

朝食を済ませてくつろいでいる咲菜の元に、愛美から電話がかかってきた。今日の打ち合わせのことだろうか、と思って出たら、そうではなかった。

「そうなの。なんでもビニールハウスの空調が故障して、搬入する予定だった花が全て駄目になってしまったというの。困ったわね」

「そんな……。お花がなければなにもできないわ……」

咲菜は倒れ込むようにソファに座った。

花嵐の宴が開催される会場の入り口はかなり大きな空間で、天井からはシャンデリアがぶら下がっている。それが、花飾りをするためにシャンデリアと、いつも飾ってあった彫像を撤去することになっていて、それは今日の朝から始まっているのだ。そのぽっかり空いた空間に花を生けることになっていたのに。

「でも……そうだわ。いざというときのためにもうひとつ業者を確保しておいたのでは？」

「ごめんなさいね、実はそちらには断られていたのよ。そんな多くの花を受注できないって。その分、天海花園には少し多めの花を頼んでおいたから、問題ないと思っていたんだけれど……」

「そんな、そんな話は聞いていないわ」

愛美はなにかあればなんでも報告してくれていたはずだった。

なのに、そんな肝心なことを教えられていなかったなんて。もうひとつの業者に断られたことは、莉央にも相談すべきことだった。別の業者を紹介してくれたかもしれない。

「でも、ないものは仕方がないわ。花のディスプレイは中止にするしかないわね。莉央先生には私から連絡するから、一緒に謝りに行きましょう」

愛美は暗い声で言うが、咲菜はそんなことは受け入れられなかった。

「いえ、そんなわけにはいかないわ。なんとかしないと」

「なんとかって、どうするの？　なにか策でもあるの？　あればなんでも手伝うけれど」

そう言われても、すぐにはなにも思いつかない。花が来ない、という衝撃的な出来事も、まだちゃんと受け止めきれていない。

「……なんとか考えて、後で連絡します……」

「中止の連絡は早いほうがいいから、早くしてね。莉央先生にも、スタッフにも迷惑がかかるでしょう？」

そう言って愛美は電話を切った。

咲菜はソファに座ったまま、動けずにいた。

あんなにがんばったのに、それがあっさり裏切られることになった。なんということだろう、自分が一体なにをしたのか、と落ち込んでしまう。

「あの、どうかなさったんですか？」

水川《みずかわ》に声を掛けられたが、上手く応答することができず、ただ項垂《うなだ》れて座り込んでいるだけだった。

すると水川が部屋から出て行き、しばらくしてから、

「どうかしたのか？」

旬がやって来て、咲菜の隣に座り、その手を取った。

その途端に今まで抑えていた感情がわっと溢《あふ》れてきた。

「あの……ごめんなさい。花嵐の宴で花を飾ることができなくなりました……」

やっとのことでそこまで言うと、涙が流れてきた。

旬の期待を裏切ってしまった、少しでも彼の力になれたらと思っていたのに。結局自分は無力で、なにもできないのだと思い知らされた。

そうして旬にたどたどしく事情を説明した。

今まで彼には、花嵐の宴の花がどうなっているか、進捗は詳しく話していなかった。当日にびっくりさせた方がいいのではないか、と愛美に言われて、それもそうだと思ったのだ。それに、旬は花嵐の宴の主宰者である。他にもたくさんやるべきことがあり、毎日のように打ち合わせに出掛けていたから、咲菜のことに手を煩わせたくなかったという事情もあった。だが、こうなっては仕方がない、今までの事情も漏らさず説明した。

「花のことはよく分からないが、そんな大量の花をひとつの業者に発注するものなのか？今回のようにトラブルがあったときに他にも業者を選定しておくべきではないのか？それに、信頼できる業者だったかもしれないが、花は生ものだろう？いざ届いてみたらイメージと違うというのはありそうなことだ。だから、予定よりも多くの花を発注しておくべきではないのか？」

「ええ、もうひとつの業者にも打診していたのだけれど、断られていたのよ。私も今日知った事なんだけれど……。業者への発注は全て愛美姉さんに任せていたから」

「なるほど、そこは自分で確認するべきだったかもしれないな」

そう言われて、もしかして愛美を疑っているのだろうか、と思えた。

「必要な花はどの種類をどのくらいなんだ？　明日までに集められればいいのだろう？」

「でも、花の品質のこともあるから……。莉央先生が満足するような花が集められるかどうか」

「そんなことを言っている場合ではない。とにかくかき集めるべきではないのか？」

旬にそう言われ、その通りだと思った。

咲菜はパソコンを開き、花飾りの設計図と必要な花などが書かれたファイルを旬に見せながら説明した。旬はそのファイルを自分のタブレットに送ってくれと言うので、そのようにした。

「でも、花の中心になるアマリリスは、あの業者のアマリリスじゃなきゃ駄目だわ……。そこは莉央先生がこだわっているところなのよ」

そのためにわざわざ長野の業者に出向き、咲菜も直接確認したのだ。あれだけ大輪のアマリリスを咲かせられる業者は他にないように思えた。

「では、業者に電話してみたらどうだ？　ビニールハウスの空調が駄目になった、との話だが、被害を免れている花があるかもしれない」

「ええ、そうね。そうするわ」

　そうして、以前に愛美に教えてもらっていた天海花園へと電話したが、繋がらない。時間をおいて何度かかけ直してみたが、まるで繋がる気配がなかった。

「事故の処理で忙しくて、電話に出る余裕もないのかしら……」

「そうかもしれないな。……悪いが、これから少し外出しないといけない。花のことはこちらで手配してみるから、君は家に居ろ。目処《めど》が立ったら連絡する」

「はい……分かりました」

慌ただしく出て行く旬の背中を見送りながら、結局自分のことで迷惑をかけてしまったと落ち込んでしまう。

もう自分にできることはなにもないと思いつつも、咲菜は居ても立ってもいられなかった。大人しく知らせを待つなんて、できそうもなかった。

「そうだ……電話が繋がらないなら、直接行ったら」

そんなことを思いついた。

ここから長野だったら、新幹線を使えば夕方前にはたどり着けるだろう。直接会ってお願いした方がいいかもしれない。

咲菜は愛美に電話し、花のことはなんとかするから、今日の打ち合わせのことは任せると連絡した。きっと打ち合わせの時間までには目処を立てられるから、改めて連絡する、と。愛美は分かったわ、と力強く言い、しかし無理はしないでねと心配までしてくれた。

（やっぱり姉さんは私の味方だわ。今まで手伝ってくれた姉さんのためにも、なんとかしないと！）

そうして咲菜は素早く支度を整えて、どこに行くのかと追いすがるように聞いてきた水川に、長野に行くとだけ告げて花涼院家を出て行った。

＊

新幹線とタクシーを使って、なんとか夕方前までには天海花園にたどり着くことができた。

トラブルがあったのだ、かなり慌ただしい雰囲気だろうと思っていたがそんなことはなかった。事務所の方へ顔を出し、そこに居た事務員の女性に話しかけると、怪訝《けげん》な表情をされた。

「え……ビニールハウスの空調が故障ですか？　そんなことありませんけど」

言われた咲菜の方も意味が分からなかった。

そうして今までのいきさつも説明したが、女性の表情は曇るばかりだった。

「そもそも、そのような注文はお受けしていないと思います」

「え……そんなはずはありません。確かに注文しているはずですが」

「確認しますので、お待ちくださいね」

そうしてパソコンに向かい、なにやら確認をしてくれているようだが、なかなか返事は来ない。そのうちにどこかに電話を掛けていた。その間、咲菜は事務所の小さな椅子に座り、不安な気持ちでいた。

やがて、事務所に男性が入ってきた。彼は、この前咲菜が見学に来たときに案内してくれた男性で、天海花園のオーナーだった。ようやく話が分かる人が来たと思って立ち上がり挨拶をしたが、彼は浮かない表情だった。

「この前見学に来てくださったお嬢さんですよね？　覚えています。ただそのときには……実際の花を見たいというだけで、こちらではなにも注文は受けていません」

「そ、そんな」

なにかの行き違いがあったのだろうか、と考えてみる。たとえば、愛美が注文をしていたつもりだったが、注文できておらず、愛美がそのミスを隠すためにビニールハウスの空調事故で、なんて話をでっち上げたとか？　いえ、姉さんはそんな嘘《うそ》をついたりしないと、混乱してきた。

「あの、つかぬことをお伺いしますが、前に私が来たときに一緒に来ていた、西島愛美からなにかの連絡を受けていませんか？」

「いえ。あれきりなんの連絡も受けていません」

「そんな……」

咲菜は力なく項垂れた。

その様子を気にしたのか、事務員の女性が向こうのソファに座るようにとすすめてくれた。それから冷たいお茶を出してくれた。ありがたくそれをいただくと、ようやく気持ちの整理がついてきた。

騙《だま》されたのかも知れない、と思った。

愛美が花を発注したと言っておきながら、直前になって用意できなくなったと嘘をつく。そうして咲菜を追い込むつもりだったのかもしれない。そうなると、もうひとつの業者に断られたというのも嘘で、初めから連絡すらとっていなかったのかもしれない。

(いえ、でもまさか……。あんなに一生懸命に手伝ってくれたのに。なにか連絡の行き違いに決まっているわ。それより、今大事なのは、花嵐の宴《うたげ》の花のことだわ。今は余計なことを考えていられない)

とはいえ、状況はかなり悪い。

旬が花を手配してくれるとは言うが、どこまで花を集められるか分からない。莉央が気に入るような、理想通りのものが集まるかどうかも分からない。花涼院家の力があれば、東京中の花を集めることができるかもしれないけれど。

「あの、大丈夫ですか？」

気ぜわしげに、オーナーが聞いてきてくれた。

「はい、すみませんでした。実は行き違いがありまして。私はとあるイベントで飾る花が大量に必要なのですが、その花をこちらにお願いできていると思っていまして」

「ははあ、なるほど」

「そのイベントというのが、このような花を飾るもので」

そう言いつつ、咲菜はスマートフォンに保存していた去年と一昨年の花飾りの写真を見せた。実際のものを見せた方が、イメージが湧きやすいと思ったからだ。

「これは、かなり大量の花を使った大規模なものですね」

「そうなんです。以前から準備をすすめていたのですが、肝心の花が用意できないことになってしまいまして。なんとか今から花を用意することはできませんか？　いえ、全てとはもちろん言いません。前に見学させていただいたときに、こちらの栽培の仕方ですとか、花の管理ですとかを聞いて、素晴らしいと感じました」

咲菜は熱っぽく語る。

「それから、一輪だけアマリリスをいただきましたが、こちらの育て方が素晴らしかったのか、いつまでも美しく咲いていてくれて、長く楽しめました」

そうして、以前に来たときに買い求めた花を生けた写真を見せた。アマリリスを中心にして飾ったものだ。

「あら、素敵なアレンジですね」

事務員の女性がそう言ってくれた。

花を生業にしている人ならば、咲菜がどのように花を扱っているか分かってくれるはずだと思った。前に見学したときに、この業者ではどれだけ花を丁重に扱っているか分かった。自分たちが育てた花がどんな扱いをされるかも気にしているはずだ。

「うーん、あなたがどんなに花を大切に思っているかは分かったけれど、急に花を用意してくれと言われても難しいんだよ。今ある花は、全て出荷の予定が決まっているものだ。せめて一ヶ月前だったら」

「そこを、なんとかなりませんか？」

「こちらも取引先との付き合いがあるから。あなたに花を売るということは、その取引先に売るはずの花をキャンセルするということになる。それは難しいと分かってくれるかな？」

確かにその通りだ。天海花園では誠実に商売をしているのだ。こちらを優先しろ、なんてことは言えない。

「……では、その取引先から買い取ればいい。その取引先だって誰かに花を売るつもりなのでしょう？」

不意の声に振り返ると、そこには旬の姿があった。

どうしてここに、と咲菜が驚いている間にも旬は話を進める。

「その取引先が更にどこかの小売店に花を売るというならば、その花を買う。その小売店の売値で引き取るつもりだ。それならばどうですか?」

「旬さん、そんな乱暴な……」

「なにが乱暴だ? 無理にというつもりはない。取引先の連絡先を教えてもらい、こちらで交渉するということだ」

「取引先の連絡先を、教えろと?」

「それも無理にとは言いません。ですが、なんとか協力してくれませんか? とても困っているんです。それでわざわざ東京からこちらに来たのです」

そうして旬は頭を下げた。咲菜は信じられず、目を瞠《みは》る。

いつもの、花涼院家にいる旬ではない。花涼院家の御曹司ではなく、誠実な、二十一歳の青年に見えた。その姿に、オーナーも心を打たれたようだった。

「まあ、そうだな、連絡先を教えるくらいならば」

「助かります。こちらには迷惑をかけないようにきちんと説明しますので」

そうして、恐らくは小売店に卸すだろう取引先の連絡先を教えてもらった。旬はその取引先にどんどん電話して、丁寧な口調で交渉を続けていった。その交渉の仕方も無理がなく、しかし上手《うま》く相手の懐に入り込んでいくようなもので、その交渉術に、咲菜は驚くばかりだった。

(旬さん……気づいていたけれど、花涼院家の跡取りだとただふんぞり返っているような人ではまるでないわ)

咲菜が圧倒されている間に、旬はどんどんと交渉を続け、明日出荷する予定の半分の花を買い取ることができた。

そうしてすぐにトラックを手配して、会場まで運ぶ手はずも調えた。咲菜が想像できなかったことまで、旬はつつがなく終えて、もう感心することしかできなかった。

これならなんとかなりそうだ、と目処がついたところで愛美に連絡した。本当は空調は故障なんてしていなかった、という余計なことは話さず、花がなんとか調達できたので、莉央先生に明日から予定通り準備を進められると伝えて欲しいと頼んだ。それから自分は打ち合わせには出られそうもないことを詫《わ》びて欲しい、とも。愛美はこんな短時間で花が用意できたなんてすごい、と驚き、打ち合わせのことは任せて欲しいと力強く言ってくれた。

「……お騒がせしました。ですが、おかげさまでとても助かりました」

咲菜は丁寧に事務員の女性とオーナーに頭を下げた。隣にいた旬もそれにならって頭を下げてくれた。

「あの、それで、ここまでしてくださって、この上、とは思うのですが、できればアマリリスはありませんか？　こちらのアマリリスを中心にしてアレンジをしたいという想定がありまして」

「ならば……そうだな、明後日《あさって》出荷する予定だったものならば都合できる」

「……ありがとうございます。大切に飾ります」

咲菜は用意してもらったアマリリスを手にして、天海花園を後にした。

「どうして私の居場所が分かったのですか？　連絡していなかったのに」

旬と車に乗り、東京へと向かっている途中だった。

咲菜は新幹線とタクシーで来たのだが、旬は当然のように花涼院家の車で来た。咲菜も車を用意してもらうという手段もあったが、出てくるときは焦っていて、それどころではなかった。

「君がやりそうなことはだいたい想像がつく」

「旬さんには隠し事ができません……。こんなところまでご足労おかけしてすみません」

「気にするな、婚約者のためだ」

そうなんともなしに言う旬を見て、咲菜は心から有り難く思っていた。

本当に、旬みたいな人と結婚できたらどんなにいいかと考えてしまった。なにがあっても守ってくれる。

(いえいえ、駄目だって！　契約結婚、契約結婚なんだから！　私なんて旬さんには……相応《ふさわ》しくないわ)

なにはともあれ、これで飾る花の目処《めど》はついた。

後は会場に花を飾るだけだと、咲菜は意気揚々と東京へと戻った。

「え……莉央先生との予定をキャンセルしてしまったってどういうことなの？　連絡したはずでしょう？」

東京に帰ってきたのは夜遅くで、その日はとりあえず休み、翌朝早くに会場入りして莉央に事情を話して謝罪し、イベントで使えそうな花の選定をお願いする予定だった。その前に、用意できた花を確認しようとかなり早くに会場へやって来た。

咲菜が花を確認し終わった後くらいに愛美がやって来て、そして莉央は来ないと告げたのだった。

「言ったはずだわ、もしなにか変更があるならば、連絡は早いほうがいいって。あなたがグズグズしているから、私が代わりに中止の連絡を莉央先生とスタッフにしてあげたんじゃない」

愛美は腕を組みつつ言う。

「だから、連絡したじゃない！　花の方は目処がついたから、予定通り作業を始められるって」

咲菜はつい語気を強めてしまう。

「今すぐ莉央先生とスタッフたちに連絡して、来られる人だけでいいから集めてくれないかしら？　このままじゃ……」

「そうしたいなら、あんたがやればいいじゃない」

「え……」

「ああ！　もう無理！　なんで私があんたなんかの言うことなんて聞かなきゃいけないのよ！」

突然の豹変《ひょうへん》に驚いている咲菜の頬を、愛美がパチンと弾いた。

咲菜はなにが起こったのか理解できず、大きく目を見開いたまま固まってしまう。

「いくら鞠子様の命令でも、これ以上、あんたに従っているふりなんてやっぱり無理だわ。なんであんたみたいな愚図が旬様と婚約できたのよ？　こんな大きな会場のフラワーアレンジメントをあなたが取り仕切るですって？　最初から無理なのよ、そんなこと」

愛美は咲菜を睨《にら》み、ふんと鼻で笑う。

「身の程を知った方がいいわ。あなたは、望まれずに生まれて望まれずに生きている。底辺を這《は》うように生きている人間なんだから」

「そ、そんなこと……ないわ」

「なに言ってるの？　あんたの味方なんて誰もいないわ。どうやって旬様を騙しているか分からないけれど、それもすぐにバレて惨めに捨てられるわよ。そのときに決して私を頼るのはやめてよね。血のつながりがあるからって、そんなものを当てにしないでね。父さんも母さんも、あなたとはもう縁を切るって言っていたんだから」

「……そんなもの、はなから当てにしていないけれど」

「え？　なんですって？」

愛美の瞳をじっと見据えながら、咲菜は続けて言う。

「やはり、姉さんを信じた私が馬鹿だったわ。でも、血のつながりというものを信じたかったの。実家では私がずっと引きこもっていたせいで、気詰まりな思いをさせてしまっていたから、申し訳ないという気持ちがあった。だからそれが解消されたら、もっといい関係が築けるかもしれないと思ったの。でも、そんなもの幻想だったわ。姉さんの底意地の悪さは生まれつきで、今更どうなるものでもなかったわね」

「黙って言わせておけば！　姉である私に向かってなんて言いようなの！」

そう言って手を振り上げて、再び咲菜を叩《たた》こうとしたが、咲菜はその手首を摑《つか》み、力を込めた。

「花嵐の宴《うたげ》は花涼院家がその権威をかけて開催している催し物です。それを台無しにしたという自覚はありますか？」

「なに言っているのよ、台無しにしたのはあなたじゃない。私を信じたあなたが悪いのよ」

「よくもそんな……」

咲菜は悔しくて仕方がなかった。愛美は咲菜の邪魔をしたかっただけで、花嵐の宴のことなんて考えていない。ゲストを喜ばせるためにとやってきたことなのに、その思いを踏みにじる行為である。

「本当にあなた生意気だわ。今までは私に口答えしたことなんてなかったのに。誰が上なのか、分からせた方がいいかもしれないわね」

「どうして……どうして姉さんはそんなに私のことを嫌うの？　私、姉さんになにかしましたか？」

「なにかしたかですって？　あなたの存在自体を許せないのよ！」

愛美は咲菜の手を振り切って腕を組み、顎を上げて咲菜を見下げる。

「あなたのせいで私は愛人の子として過ごさなければならなかったのよ！　幼稚園でも小学校でも、母の実家でも愛人の子供だと罵られて、酷《ひど》い扱いをされて、屈辱的だったわ……。それも全てあなたとあなたの母親のせい」

「そ、そんな……」

その多くは愛美の父と母のせいであるような気がするが、そう言っても聞かないだろう。全ての恨み妬みは咲菜と咲菜の母に向いている。そして、そう仕向けたのは愛美の両親であろう。

「その上、あんたなんかが花涼院家に嫁ぐなんて許せないわ！　私よりずっと劣っていて、ずっとブスなくせに！」

愛美の恨みの念が背中から立ち上っているようで、周囲の空気を濁らせ、具合が悪くなるほどだった。

今までだったらごめんなさい、と謝っているところだったが、さすがに理不尽だと感じていた。だが、私には関係ないと突っぱねるのも迷う。どうしようかと困っていたところで、

「……なにかあったのか？」

一緒に会場入りし、会場の人と打ち合わせに行っていた旬が戻って来た。その瞬間、愛美は身体《からだ》を引き、そのまま走って会場を出て行ってしまった。

旬はそれを見送りつつ、咲菜の前に立った。

この状況をどう説明していいのか分からない。咲菜の頬には知らずに涙がつたっていた。

泣いている場合ではないのに、溢《あふ》れ出したら止まらなかった。

「ごめんなさい……忠告されていたのに。それでも私、家族のことを信じたかったの」

旬は咲菜の肩を抱き、咲菜が泣きやむまでずっと側に居てくれた。時間がないはずなのに、無理やり事情を聞き出すこともせず、ただ黙っていてくれた。

(どうしてこんなに私に優しくしてくれるのかしら……？　まことの花嫁だから？　本当にそれだけなの？)

ついついそんなことを考えてしまい、咲菜は旬から離れた。

「もう大丈夫だわ。ごめんなさい、弱気なところを見せてしまったわ」

「無理はするな。もし辛《つら》いのならば、花嵐の宴のことは忘れて、家に戻って休んでいてもいいんだ」

思いがけないことを言われて、咲菜の心は揺れた。

きっと旬はこの状況からだいたいのところを察したのだろう。

(優しい……けど、それに甘えることはしたくない。もう逃げたくない)

今まで、自分の能力ゆえに人とかかわることは難しく、引きこもっているしかないと思っていた。しかし、受け入れてくれる人がいると分かった今では、無理だと逃げるのではなく、自分ができる限りのことをしたいと思うのだ。

「そんなことできないわ。せっかくここまで準備したんだし……。今からでも莉央先生に頭を下げて、なんとか花を飾っていただけるようにお願いしてみる」

そうして咲菜はこの状況について改めて説明した。姉の愛美のことを悪く言うことは躊躇《ためら》ったが、事実をそのまま伝えた。

「なるほど、なかなか舐《な》めた真似《まね》をしてくれるな」

「思うところがあるのは分かるけれど……今は花嵐の宴の方よ。私も悔しいの、姉の思うままにされて。なんとか私の力でもできるってところを見せたい」

「そうか。ではやれるところまでやってみればいい」

「ええ！」

そうして咲菜は莉央の事務所に連絡をした。莉央の直通の電話番号は、連絡を愛美に任せきりにしていたので咲菜は知らなかった。

事務所も今日はもしかして人がいないかもしれない、と思いつつ呼び出し音を聞いていたが、やがて応答した。

「はい、フローリストオフィス莉央です」

「あの、私、西島咲菜です。すみません、莉央先生はいらっしゃるでしょうか？」

「あら、咲菜さん。私よ、莉央です」

優しい口調に、咲菜はまずほっとした。急にキャンセルになり、かなり怒っているだろうと覚悟していたのだ。まずはこちらの不備を謝りつつ、事情を説明した。莉央は全てを聞いた後に、受話器の向こうでため息を吐《つ》いた。

「……ああ、やっぱり。そんなことだろうとは思っていたのよね」

「え？」

「いいわ、今からスタッフを連れて行くわ。実は待機させていたのよ。とにかく、今やれることをやりましょう」

そう言ってくれたことが心強く、咲菜は莉央の到着を待った。

連絡してからわずか三十分ほどで、莉央は来てくれた。早速作業に入るつもりなのか、つなぎにスニーカーという格好だった。

「莉央先生……！　本当にすみません。発注していた花は届かず、それでもかき集めてきたのですが、お気に召さないかもしれません」

咲菜が言うと、莉央は仕方ないわね、と腰に手を当てつつ、苦笑いを浮かべた。

「あなたのお姉さんに騙《だま》されたんでしょう？　なんだか、ちょっと不穏な気配を以前から感じていたのよね。あなたの不手際で花が発注できていなかったって説明されたんだけれど、それもきっと嘘《うそ》よね」

「ええ……。私は、発注していた天海花園で空調のトラブルがあり、花が納品できなくなったと聞きました……」

その上でどうやって花を調達したかをかいつまんで説明した。莉央は、とにかく天海花園から花を仕入れられたことを喜んだ。

「それから、他からも花を集めたそうだけれど……」

「ええ、こちらに集めてあります」

ふたりで倉庫に集めた花を見に行く。

そこには、この短時間でどうやってこんなにたくさんの花を、と思えるほどの花が集まっていた。赤、白、黄、と彩り豊かな花々がある。こんな状況でなければ、花が好きな咲菜は眺めているだけで弾んだ気持ちになるところだ。

「そうね、花は多くあるけれど、想定とは少し違う種類の花が多いわ。ちょっとプランを変更しないといけないかも」

さすがに莉央は厳しい。腕を組みながら花の間を歩き、花を確認していく。咲菜はその斜め後ろについて歩いていた。

「あの、差し出がましいようですが、今回のテーマは『静かな花の海』ですよね？　海、と言えば潮の香りが強いと思います。そこで、花の香り、をサブテーマにしてみては……」

「花の香り……？」

「実は私、長いこと外出できない生活をしていたんです。お花が好きで、写真やパソコンの画面で眺めることはしていたんですが、実際に花を手にして、まず感じたことはその香りなんです。それで今思いついたのですが」

「なるほど……。確かに今回集まっている薔薇《ばら》には、特に香りが強い品種が多いわね。いいアイディアかも！」

そう言いつつ立ち止まり、じっと花々を見つめていた。莉央の頭の中で、プランをまとめているのかもしれない。

「うん、そうね、ここにある花でなんとかなりそう。静かな花の波が打ち寄せる浜辺、そこにはほのかな花の香りが……いいわね！」

莉央は咲菜の方を向いて、親指を突き出してきた。

嬉《うれ》しくなった咲菜は、更に提案する。

「余ったお花は出席者にプレゼントするというのはいかがでしょうか？　もちろん、その余裕があったら、ですが。あまりにたくさんのお花が余ってしまったら、そのまま枯らせてしまうのはかわいそうなので」

「あら？　それ、私もちょっと考えていたのよ。お花を扱う職業をしている以上、お花は大切にしないと。無駄にはしたくないわ」

莉央は咲菜の肩をぽん、と叩いた。それだけのことだが、まるで莉央に認められたように感じる。

「あとは……人手ね。うちのスタッフは待機させていたからいいんだけれど、外部スタッフについてはあなたのお姉さんが手配していたから、連絡先も分からないし、今から連絡しても来てくれるかどうか。手が足りないわね」

「私、なんでもお手伝いします！　微力かもしれませんが、なんでも言いつけてください」

「ええ、今の状況の中でベストを目指しましょう」

莉央は咲菜に向かってウィンクをした。

そうして作業の振り分けをしていたとき、この場から離れていた旬が戻ってきた。莉央のことを紹介し、これからの作業のことを説明すると、

「人手が足りないのか？　では、俺も手伝おう」

旬はあっさりそう言ってジャケットを脱いだ。

「え……旬さんが？　そんなそんな、畏れ多いです」

「なにを言っている？　それとも俺では戦力になれないと思っているのか？　これでも華道の心得はあるし、花屋でバイト経験もあるぞ」

なんの冗談かと思って、咲菜は目をぱちくりとさせてしまう。

「うちの方針でな、上に立つ者は下で働く者の気持ちを理解しないといけない、とのことで、高校生の頃から様々なバイトをしている。今もファミレスと宅配便と大型家電量販店のバイトを掛け持ちしている」

「え……まさか旬さんが？　冗談ですよね？」

咲菜が言っても、旬は涼しい顔をしている。

ならば、たびたび外出していたのはバイトをしていたからだと納得できたし、初めて会ったとき、バイトの権利がうんぬん、と言っていたことも理解したが、旬がバイトなんて、とても想像できなかった。

「まあ、なにはともあれ、手伝ってくれるならば嬉しいわ！　頼んだわね」

莉央は旬に向かって親指を突き出した。

そして、三人のところに旬の付き人が集まってきた。

「旬様が手伝うならば、我々も手伝います」

「なんなりとお申し付けください」

「できることは限られると思いますが、なんでもやります」

そう言ってくれるのが頼もしい。咲菜は彼らに頷《うなず》きかけた。

「では咲菜さん、あなたが彼らに花を扱うのに必要なことを教えてくれるかしら？　私は私のスタッフ達に指示を出してくるから」

「はい」

そうして旬の付き人たちに、彼らの仕事はこんな手伝いをすることではないのに本当にいいの、とよくよく確認してから、花を生けるのに必要なことを伝えていった。花の鮮度を保つための温度管理の大切さ、花を切るのに冷たい水が桶《おけ》に大量に必要なこと、剪定《せんてい》ばさみは鋭く手を傷つけてしまうから、使うときには気をつけるように、等々。

「分かりました、なんなりと指示してください」

そう言って付き人たちは揃《そろ》って敬礼をした。まるで軍隊のようだと咲菜は笑みをこぼした。

「咲菜、俺にも指示しろ、遠慮せずに。花のことなら君の方が詳しい」

旬がそう言ってくれるのは嬉しいが、花涼院家の御曹司にあれこれ頼むのは気が引けてしまう。

「今、花涼院家の御曹司にあれこれ頼むのは気が引けると思っただろう」

「いえっ、そんなことないわ」

「隠しても無駄だ」

そう冗談めかして言って、旬は咲菜の額を軽く小突いた。

「旬兄さん、なにかトラブルがあったって聞いたけれど」

拓真が向こうの方から駆けてきた。彼は旬の手伝いをしていたので、その関係で会場へ来たのだろう。

「ああ、ちょっと厄介なことになっているから、俺も手伝うことにした」

「そうなんだ。向こうの準備は俺に任せておいて。なにか旬兄さんじゃないと判断できないことがあったら、知らせにくるから」

「ああ、そうしてくれると助かる。俺もできるだけ向こうにも顔を出すようにするから」

旬の言葉に拓真が力強く頷く。

「拓真さん、ありがとうございます」

咲菜は丁寧に頭を下げた。もうダメか、と昨日は思っていたが、多くの人の手助けによりなんとかなりそうになってきた。

「いいんだよ、なにかあったら助け合うのが家族だろう？　気にしないで」

拓真は手を振りながら颯爽《さっそう》と歩いて行く。咲菜はその後ろ姿を頼もしく見送り、ここまで手伝ってもらっているのだから、自分が力を尽くさなければと改めて決意した。


それから咲菜はつなぎの作業着に着替え、首からはタオルを提げて、髪を高いところで結んで、莉央のサポートとして作業に取りかかった。

会場も倉庫も寒いはずなのに、額からは汗が滲《にじ》み、背中も汗でベタベタになった。シャワーを浴びたいと思ったが、もちろんそんな暇はなく、ただひたすらに作業を続けていった。

身体《からだ》は熱気を持っていたが、指先は常に冷たかった。冷たい水に手を入れて、その中で花の茎を切っていたからだ。そうしないと花の鮮度が保てない。

そして急いで作業しようとするあまり、花の棘《とげ》や葉で皮膚を切り、指先は傷だらけだった。しかし、手袋などをして作業をするわけにはいかない、指先の感覚が鈍るからだ。

そうしてひりひりする手で作業をしながら、ふと見ると旬が同じように冷たい水が入った桶に手を入れて作業をしていた。さすがに旬はなにをするにもそつがない。きっと花で指を傷つけるようなへまはしないのだろう、と彼が作業する桶を覗《のぞ》き込んでみると、

「ちょっと旬さん、手が傷だらけです！」

そう言って彼の手を冷たい水から引き上げた。

旬の手も腕も傷だらけで、皮膚だけでなく爪にも血が滲んでいる。見ているだけで痛々しい。

「君の方だって酷《ひど》いものだ」

旬は咲菜の手を取った。

確かに咲菜の手も酷いものだった。あちこちに切り傷ができていて、そしてびっくりするほど手が冷えて青白くなっていた。

「私はいいんです！　でも旬さんが……」

「よくない。少し休んだ方がいいな」

そう言いつつ旬は咲菜の手を引いて、作業をしている倉庫の中に設けた休憩スペースへと咲菜を連れて行く。そして咲菜を椅子に座らせると、ポットに入った温かいお茶をカップに注いでくれた。

「温かい……ほっとします」

まるで身体の隅々まで浸透していくようだった。それで、咲菜はずいぶんと自分が疲れていたことに気付いた。

「君は働き慣れていないから、自分の限界がよく分からないのだろう。こまめに休憩を取った方が作業効率も上がる」

旬は近くにあったブランケットを咲菜の膝にかけてから、自分は作業に戻っていってしまった。

今まで夢中になって気付かなかったが、旬は彼が普段は持たないだろう大きな荷物を持ったり、花びらや茎や葉が散らばった床を掃除したりしていた。花屋のバイトをしていたというのは嘘《うそ》ではないのだろう。

「……あなたの婚約者の方があなたよりも働いているんじゃない？　有名な財閥の次期当主とは思えないわね」

いつの間にか莉央が咲菜の隣に立っていて、からかうようにそう言った。

「嘘よ、あなたもよく働いてくれている。いいところのお嬢さんとばかり思っていたけれど、あなたが生けた花を見てそうではないと分かったの。私の勘は外れてなかったわ」

「花を……？」

「ええ。生けた花を見れば、その人のことはよく分かるわ。あなたは花のことが大好きで、いかにその花を美しく見せられるか考えて生けていたことが分かった。きっと人のことも気遣える、誠実な人だろうなって。だから、あなたのお姉さんに中止のことを告げられたときも、あなたの口からそれを聞くまでは、と思って待機していたの」

「莉央先生……」

「少し休んだらまたがんばりましょう！　あなたのお姉さんを見返すような素敵な花を生けましょう」

「はい……！」

大きく頷いて、ふたりは微笑み合い、しばらく休んでから再び作業に戻った。

＊

「なんとか全て、作業が終わりましたね」

作業が全て終了したのは翌日の十四時五十分。本当にギリギリだった。

咲菜と莉央、そして旬は、飾られた花を見下ろせる、中二階の廊下に立っていた。先ほど一緒に最終確認をしたが、莉央が、自分の作品だと胸を張れる作品になったと言ってくれた。ここまで寝ずに、細かい休憩だけを挟んで作業をしていた。今、どこかに座ったら、そのまま寝てしまう自信がある。

「本当にありがとうございます、莉央先生」

「そうね、トラブルもあったけれど、終わりよければ全て良しってことかしらね？　ちょっと思い描いていた花の海には到達できないところもあったけれど、その分、熱量を出せたというか、久しぶりにこんなギリギリまで作業できて楽しかったわ」

莉央は咲菜に手を差し出してきた。

咲菜はその手をとり、ふたりはがっしりと握手を交わした。

「じゃあ……私は一旦家にもどって着替えてくるわね。後でゲストに一緒に挨拶しましょう」

そう咲菜の肩を叩《たた》いて、莉央は会場を後にした。

後には咲菜と旬が残された。

「さすが俺の婚約者だ。一度は無理かと思ったが、莉央先生との信頼関係を築いていたから、ここまでできたんだ。よくやったな」

「あっ、ありがとうございます」

素直な感嘆の言葉に、照れて耳の先まで赤くなってしまった。

咲菜に微笑《ほほえ》みかけている旬は、どこからどう見ても好青年であり、人を踏みにじったり、陥れたりするような人には見えない。周囲にも優しく、作業をしているときも、自分の付き人たちになにかとねぎらいの声をかけていた。自分は休まなくとも、付き人たちは休ませていた。

（そんな人が、本当に人を殺したりなんて……したのかしら？）

そう思い、咲菜はそっと勾玉《まがたま》のブレスレットを外して旬を見た。

やはり百合《ゆり》の花が咲いている……けれど、他の罪人の背後に咲いている花とは違い、美しく咲いているような気がする。

「旬さんの背後には……百合が見えます」

「ああ、そうだったな。俺の罪の花だ」

「でも、旬さんは、過失であっても人の命を殺《あや》めるような人には思えません。なにがあったのか……事情を教えていただけませんか？」

中学生のとき、旬の背後に殺人の罪を示す百合の花を見て、恐れた。しかし、今改めて見るとそんなに恐ろしい花には見えないのだ。

「俺が殺人の罪を負っていることは事実だ」

「そう、なのですか……」

「ああ、俺は罪を背負って生まれてきたのだ。俺が産まれたときに母が死んだ」

「あ……」

まさかそんな事情だったとはまるで想像していなくて、咲菜は言葉に詰まってしまった。

というか、それは旬の罪にならないような気がするのだが、そういうことではないのか。

（そういえば、私はこの能力が嫌で、逃げるばかりで、本当の意味など知らない……）

　自分のせいで、どれだけ旬を傷つけたかと思い至った。自分を産んだときに母が死んだとは、彼にとって一生消えない傷であろう。自分の罪故に、咲菜が怯《おび》えていたと知り、どんな気持ちだったろう。

「君はもっと罪をよく見た方がいい。そして、自分のことをもっとよく知った方がいい」

「ええ、本当にそうです……。私は、もっと自分のことを知るべきです」

「君は君のその罪を見る能力を忌み嫌っているが、俺は使いようによっては君の強い武器になると思う。それを覚えておいてほしい」

　そう言って旬は咲菜の肩に手を置いてから、行ってしまった。

　咲菜はいつまでも旬の背中を見ながら、これから自分がどうするべきなのかを考えていた。

第五章　花涼院家の花嫁

今日は咲菜《さきな》がどんな顔をしているか、鞠子《まりこ》は楽しみで仕方がなかった。

花嵐の宴《うたげ》は年に一度、花涼院《かりょういん》家が主宰する宴で、各界の著名人が招待されるイベントである。そこに招待されることは名誉であり、この宴に招待されてこそ、各界で認められると言ってよかった。鞠子も鈴宮《すずみや》家の娘として当然のように招待されていて、少し迷ったが出席することにした。

（これで欠席したら、まるで私があの子に負けて逃げているみたいだもの。冗談じゃないわ）

花嵐の宴は絶好の社交の場である。顔なじみも多く来る。そんな中で、旬《しゅん》に婚約破棄されたからとショックを受けて欠席したなんてことになったら、来年からも出席が難しくなる。無理をしてでも出席しなければならない。

鞠子はつつがなく準備を終えて、会場へとやって来た。今日はオレンジ色のワンピースを着て、同じ色のピンヒールを履いている。どう考えても旬に相応《ふさわ》しいのは自分だと鏡でメイクを確かめて、車から出た。

「あっ！　鞠子様がいらっしゃったわ」

鞠子の取り巻きの一人が鞠子を見つけて、周囲にそう声を掛けた。鞠子はそれに笑顔で応えて、着飾った女性達の真ん中に入っていった。誰もが鞠子様、鞠子様、と声を掛けてくれる……が、今日はいつもよりも数が少ない気がした。なにかあったのかしら、とさして気に掛けずに、会場へ向けて歩き出した。

「鞠子様……！」

愛美《まなみ》が鞠子を追ってやって来て、斜め後ろを歩き始めた。

「ああ、愛美さん。どうかしたの？」

「どうかしたではないです！　昨日連絡した件ですが……」

「ええ、ありがとう。よくやったわ」

鞠子がそう軽く応じると、愛美は不満そうだった。

愛美に指示して、咲菜が手配を任せられた、花嵐の宴の花飾りを台無しにさせた。それは上手《うま》くいったと聞いているし、これ以上こちらから話すことはなにもないのだが。

「一ヶ月以上も妹を騙《だま》し続けたんですよ。身内を裏切るなんて、なかなかに大変なことでした」

「ええ、そうだったでしょうね」

「はい！　さすがに良心が咎《とが》めましたが、これも鞠子様のためです」

愛美は微笑みつつ、胸を張った。

「そう」

鞠子は素っ気なく言って足取りを速めた。誰かに言われたからと、身内を裏切るような者を信じられるだろうか。愛美はとても使いやすい娘だが、そろそろ手を切った方がいいかと考えていた。詰めが甘く、悪事が露見しそうになったことが何度かあった。そのたびにこちらがフォローしてきたが、やがてその累がこちらにも及びそうである。

鞠子は会場になっているホテルへと入っていった。そしてロビーにさしかかったときだった。なにやら会場の方が騒がしいことに気付いた。

「これは、思わず足を止めてしまうわね」

「素晴らしい花飾りだわ。去年のような派手さはないけれど、私はこの花飾りが好きだわ」

そんな声が聞こえてきた。

花飾りはなく、会場の入り口はがらんとしているはずだった。いや、急ごしらえでなにか置いたのだろうか。不思議に思いながらそちらに向かっていった。

「え……」

会場の入り口まで来たところで足を止め、思わず息を呑《の》んでしまう。

まるで花の波がこちらへと押し寄せてくるようだった。

見上げるほどの高さの、花の洪水のよう。まず見て圧倒され、そしてその美しさに目を奪われ、かぐわしい香りに身体《からだ》を包まれているような感覚となった。

「さすが、莉央《りお》さんのアレンジね。素晴らしいわ」

「去年よりもレベルアップしているような気がするわ。かなり手を掛けているわね」

「それに、とてもいい香りがするわ。これは薔薇《ばら》の香りかしら？」

人々が口々に話す声が聞こえてくる。

（ど、どういうこと？　愛美が莉央先生の花飾りはキャンセルさせたはずなのに……）

戸惑って周囲を見まわすと、どこからか声が聞こえてきた。

「本当に素晴らしいわ。かなり綿密なプランを立てて、時間をかけて準備したんでしょう？」

見ると、そこには着物姿の女性がふたり立っていた。ひとりは静川《しずかわ》莉央で、もうひとりは咲菜だった。どうしてここに莉央が、そして、咲菜はいつの間にかあんなに素晴らしく着物を着こなすことができるようになったのか。藤色の着物を着て、髪の毛をひとつにまとめて結い上げていた。実年齢よりも、ずっと大人びて見える。

「実はトラブルがありまして、莉央先生にはお手数をおかけしたのですが、素晴らしいアレンジにしていただけました。全て莉央先生のおかげです」

「いえ、そんなことないわ。咲菜さんの素晴らしいアイディアとサポートがあったからよ」

莉央は咲菜に頷《うなず》きかける。

ひと目見ただけで、咲菜は莉央に気に入られたのだと分かった。以前に莉央を手伝ったことがあったが、こんな表情を向けられたことがなかった。

そして、ふたりで並んで挨拶しているということは、この作品はふたりで作り上げたのだと言っているようなものだった。去年の弥生《やよい》のときはこんなふうではなかった。弥生もさぞ悔しがるだろう。

「そう言っていただけると嬉《うれ》しいです。私は莉央先生のお花が大好きで、先生が万全の状況で花を生けられるようにするのが私の役割だったのですが、今回はそれができず、いろいろと勉強になりました」

「あなたは充分にやってくれたわ。それにね、やっぱり香りのアイディアはよかったわ！　海をテーマにするならば、潮の香りは重要だもの」

「いえ、私は思いつきを話しただけで……。強い香りが競いあわないように花の配置を考えて、見事にアレンジされた莉央先生が凄《すご》いのです」

そんな会話が聞こえてくる。そして、莉央はもちろん、咲菜にも次々と人が話しかけてきていて、彼女はそれにそつなく応えていた。一体どういうことだろうか？　最初に会った頃とはまるで別人のようだ。

鞠子は一旦その場を離れ、きょろきょろと周囲を見回した。そして、花飾りをぽかんと見上げる愛美の姿を見つけると、そちらへつかつかと歩いて行った。

「愛美さん！　これは一体どういうことなの？」

怒ったように問うと、愛美は怯えた表情をして言い繕う。

「わ……分からないわ。莉央先生にはキャンセルの旨を伝えたし、スタッフなんて最初から契約していなかったのに」

「やっぱりあなたは詰めが甘いわ！」

鞠子は持っていたハンドバッグを振り上げようとして、人の目があることに気付いて慌てて下げた。

「ごっ、ごめんなさい」

「一刻も早くなんとかしなさい！　もう、あなたの妹の姿なんて一秒でも見ていたくないのよ。なんとかしないと……どうなるか分かるわよね」

鞠子は愛美に迫り、耳元で囁《ささや》く。

「……あなたが今までに手を染めてきた悪事、すべて暴露してやるわ」

「えっ……そ、それは……」

「困るわよね？　下手をしたら警察沙汰になるようなこともしているものね。それを暴露されたくなかったら、さっさとなんとかしなさい！」

鞠子はギロリと愛美を睨《にら》み付けた。すると愛美はひぃっと声を上げ、慌てた様子でその場を立ち去った。

（なにもかも……愛美のせい！　あんな子に任せたのが失敗だったわ。もっと狡猾《こうかつ》に進めるべきだった）

自分の失策を嘆きつつ、宴が始まるまでに咲菜をなんとかできないかと唇を噛《か》んだ。

＊

莉央の花飾りはかなり好評で、それを手配した咲菜の手腕を褒めてくれる人もいた。会場の入り口に立って来賓に挨拶をしていると、かなりの数の人がわざわざ莉央と、そして咲菜のところに来て、花飾りの素晴らしさを褒めた。

（もしかしたら、私が旬さんの婚約者だからって大袈裟《おおげさ》に褒めてくれているのかもしれないけれど、それでも嬉しいわ）

昨日は徹夜で疲れ果てていたが、花飾りを褒める言葉を聞いたらそんな疲れは吹き飛んでしまった。来賓に挨拶するのは緊張するが、これが旬の婚約者としての役割だと思うとがんばれた。

（私、本当は旬さんと結婚する気なんてないはずなのに……）

なんだか、最近自分が分からなくなってきていた。旬の妻になるなんて考えられないと思っていたのに。

「……あの、咲菜様」

来賓への挨拶が途切れたところで、不意に会場のスタッフらしき人が話しかけてきた。

「裏の倉庫でなにかトラブルがあったようで」

「え？」

倉庫には花を生けた後の資材などが残っているはずだ。片付けができていないと、クレームが入ったのだろうか。

「すぐに来て下さい、とのことですが、どうしますか？」

「ええ、すぐに行くわ。莉央先生、私はこれで一旦失礼します」

「分かったわ。また後で少しお話ししましょうね」

憧れの莉央にそう言われ、飛び上がるような気持ちになりながらも咲菜はその場を離れた。

「……なにかあったのか？　急いでいる様子だが」

途中で旬に声を掛けられた。彼は主宰者として会場のあちこちを見て回っていた。

「ええ、呼び出しを受けてしまって。すぐに戻ります」

そう告げて、咲菜は倉庫へと急いだ。旬はこの宴の主宰者であり、会場を離れるわけにはいかないし、これ以上心配をかけたくない。

倉庫までは歩いてわずかの距離だった。つい数時間前までは何度も会場と倉庫を往復していた。
倉庫にたどり着くと、そこには誰の姿もなかった。
かなり大きな倉庫で、学校の体育館くらいの広さがあるだろうか。天井も高く、二階建
てほどはある。
倉庫の奥に居るのだろうか、と歩いて行く。このホテルの倉庫でもあるので、色々な備
品があった。その一部を間借りしていたので、手前より奥はあまり近づかないようにして
いた。
「あの、どなたか居ますか？」
咲菜は恐る恐る話しかけた。倉庫内は照明がついているが、奥へと入って行くと薄暗く、
人が居ても気付けそうもない。
「お呼びだと聞いたのですが、どなたもいらっしゃいませんか？」
そう呼びかけても返事がない。
なにかの間違いか、それとも待たされたことに立腹して立ち去ってしまったのか。なに
はともあれ、倉庫で呼んでいる、という人物がいない以上、もうここに居る理由はない。
早く会場に戻ろうと駆け出そうとしたときだった。
「……思い知るがいいわ！　どちらが上かってことをね！」

不意に声がして、そちらを見ようとした瞬間に、なにかが横から飛び出して来て、咲菜を突き飛ばした。

その勢いで咲菜は床に叩《たた》きつけられて倒れ込んだ。そして次の瞬間、凄《すさ》まじい破裂音が響き、床が揺れた。

その後、誰かが駆けていくような足音が聞こえた気がした。女性のヒールの音のように聞こえたが、定かではない。

なにが起きたか分からずに呆《ほう》けている咲菜の目に、信じられない光景が飛び込んできた。

シャンデリアが床に落ち、その下に誰かが倒れ込んでいる。血が床に広がり、血だまりができている。

「え……、え？」

咲菜は立ち上がろうとするが、震えて身体に力が入らない。這《は》うように床を進み、見ると旬がうつ伏せで倒れ込んでいた。

「誰か！　誰か来て下さい！」

必死に声を張り上げるが、声は虚《むな》しく倉庫内に響くだけだった。

焦って、シャンデリアを持ち上げようとするが咲菜の力ではびくともしない。

心臓が早鐘を打ち、なにをしていいのか分からなくなる。咲菜がまごまごしている間にも、血だまりが広がっていく。

「誰か、誰か！」

続けて叫ぶと、向こうの方から足音が聞こえてきた。見ると、旬のお付きたちがこちらへと来るのが見えた。

「早く……！　旬さんが！」

叫びながら、旬の様子を確かめる。旬は固く目を閉じている。まさか、死んでしまったのではと思った途端に、血の気がみるみる引いていった。

「旬さん、旬さん！　返事をして！」

泣き叫ぶ咲菜のところに旬のお付きたちがやって来て、現場の様子を素早く確かめると、倉庫の奥に入りシャンデリアを引き上げていった。どうやら、天井から吊《つる》されていたシャンデリアのロープが緩んで、それで床に落ちてきたらしい。これは、元々会場の入り口に吊されていたシャンデリアだろう。今回の花飾りのために外されて、ここに吊して保管されていたのだ。

シャンデリアがどかされると、旬が酷《ひど》い状態であることが分かった。背中にシャンデリアのガラスが突き刺さり、そこから血がどくどくとあふれ出ていた。血を止めようにも、ガラスが邪魔してすぐに手当てができないような状態だ。

「救急車は？」

「もう呼びました。かかりつけ医にも連絡済みです」

「そうか。とにかく止血を」

「少々、厄介な状況かもしれません……」

　そんな声が聞こえてきたが、それはどこか別の世界からのもののように感じた。

　まさか、旬はこのまま死んでしまうのだろうか。

　そんな恐れを抱き、咲菜は混乱していた。

（こんな……こんな家族にも見放され、取るにたらない存在である私を庇《かば》って旬さんが……）

　こんなことならばあの日、旬の制止を振り切ってビルから飛び降りていればよかったのにとすら思ってしまった。そうすれば、こんな酷いことにはならなかった。

（私は……やっぱり生まれつき呪われているのよ。幸せを求めると、今以上に不幸になってしまう……）

　そうして、最大の不幸を呼び寄せてしまった。

　誰からも愛され、求められていた人が、自分なんかのために失われようとしている。

「まさか……こんな私の、ただ特別な力があるというだけで旬さんの花嫁に選ばれただけの私のために、どうしてこんなこと……」

　咲菜は旬の側に座り込んだ状態のままで、手で顔を覆いつつそう呟《つぶや》く。すると、

「……そんなことだけで君を選んだと思うのか？」

顔から手を離して見ると、旬が薄く目を開いて咲菜のことを見ていた。

「旬さん！」

「……大丈夫だ、大したことはない」

咲菜を安心させるためかそんなことを言うが、話しているのが不思議なほどの重傷だ。

「旬さん、もう話さないで……辛《つら》いでしょう？　すぐに救急車が来ますから……！」

「俺は……ずっと以前から咲菜のことを知っていた。君が自分の能力に苦しめられていることを知り、それを封じる勾玉《まがたま》を何年もかけて探していた。そして……それが見つかったから君を迎えに行ったのだ」

「え？」

「君に特別な能力があると知る前から、俺は君のことが好きだった。そうだな、君が気にしているならば、もっと早くそう言うべきだった」

咲菜は混乱していた。では、いつから旬は咲菜のことを好きだったのか。中学で会ったときから？　それより、もっと前から？

「もしかして、あの満月の夜に出会ったのは偶然ではないの……？」

旬は僅かに頷《うなず》く。

確かに考えてみればできすぎていた。

偶然能力がある者と出会い、偶然、その能力を封じる勾玉を持っていた。そんなことがあるだろうか。恐らく旬はあの満月の夜より前から、咲菜のことを見ていたのだろう。そして機会を窺《うかが》っていた。

「一体、どういうことなの……？」

「……少しだけ待っていてくれ、すぐに、戻るから」

その言葉を最後に、旬は再び意識を失ってしまった。

咲菜が呼びかけようとしたとき、担架が運ばれてきて、旬はそこに乗せられると、すぐに運ばれていった。

咲菜もそれに続いて出て行こうとしたところで、不意に呼び止められた。

「騒ぎがあったようだと駆けつけてみれば……一体どうしたの？」

そこには和服姿の薫子《かおるこ》が立っていた。

彼女は一旦本家に帰ったが、花嵐の宴《うたげ》には出席すると言っていた。つい先ほど会場に来た、というような様子だ。

「旬さんが私を庇って、シャンデリアの下敷きに……！　酷い怪我《けが》で」

咲菜はしどろもどろで状況を説明した。

恐らくは自分を狙って誰かがシャンデリアを落とした、旬はそれを庇って下敷きに……。

そう口にすることで、それが改めて事実になっていくようで苦しかった。悪い夢ならば醒《さ》めてほしい。

「事情は分かったわ」

薫子はその年齢に相応《ふさわ》しくない落ち着きっぷりで、少しも動揺したところを見せずに言う。

「でも治療を受けるために運ばれていったから大丈夫ね」

「大丈夫かどうか……無事であって欲しいけれど」

落ち着きなく言って薫子の横を通って担架を追いかけようとするが、薫子がその前に立ちはだかった。

「咲菜さんが一緒に行ったところでなにもできない。それとも医術の心得が？」

「いえ、だけれど……！　私のせいで旬さんは！」

「責任を感じているんでしょうけど、付き添ってもなにもならないわ。いま咲菜さんにできることは……そうね、会場に戻って、主宰者の代わりを務めることかしら？」

思わぬ提案に、咲菜は目を瞠《みは》る。

「わっ、私が旬さんの代わりに？　そんなことできるはずがないわ。それに旬さんも私が代理なんて許さない……」

「では、花嵐の宴はどうなるのかしら？　既に多くのゲストが集まっているのでしょう？　それを放っておいて、旬さんだけでなくあなたまで病院へ？　そこではなにもできないのに」

確かに薫子の言うとおりだった。

主宰者がいなくなった花嵐の宴はどうなるだろう。旬は花嵐の宴の開催に向けて力を尽くしてきた。花涼院家の跡取りとしての務めを果たそうとしていた。それは、咲菜の夫として相応しくなるため、ということもあったのかもしれない。

(今こそ、私が旬さんの力になるときかもしれない……。旬さんは、いつも私のために尽くしてきてくれていたのだから)

旬が言っていたことを思い出す。旬は咲菜が能力持ちだから婚約者にしたのではなかった。ずっと好きだったと言ってくれた。ならば……。

「旬さんはいつも咲菜さんのことを考えていたわ」

「ええ……そうよね」

「だったら、あなたはそれに応えるためになにをすべきなのかしら?」

薫子にはっきりと言われて、咲菜の決意は固まった。

もう旬の後ろに隠れてなんていられないのだ。自信がないと言っている場合ではない。失敗するかもしれないという恐れがあっても、やらなければならないときがある。

「……でも、咲菜さんがどうしても旬さんと一緒に居たいと言うならば止めないけれど」

「いいえ、私はここに残ります。残って、旬さんの将来の妻として、旬さんの代理を務めます」

そう言い切ると、薫子は一瞬意外そうに目を瞠った後、ふっと微笑《ほほえ》みながら頷いた。

「それでこそ、旬さんが選んだ花嫁だ。さあ、行くがいい」

薫子に背中を叩かれ、咲菜は会場へと向けて歩き出した。

（強くならなければ……！　今度は、私が旬さんを守れるように。もう誰にも邪魔はさせない）

咲菜は唇を固く噛《か》みしめ、勾玉のブレスレットを外した。

＊

咲菜は会場に戻ると、主宰者である旬は事情があってこの場を離れたことだけを伝えた。

そして、その代理は自分が務める、と。

「え、咲菜様が……ですか？」

明らかに怪訝《けげん》な表情を向けられる。それはそうであろう、咲菜は今までに一度も花嵐の宴に出たことがない。どんなものなのかはまるで知らないのに、急に主宰者代理と言われても受け入れられないのが普通だ。

どう説明しようかと迷っていると、

「咲菜さんは、旬兄さんの委任を受けたんだ。俺がそのサポートを頼まれているから大丈夫だよ」

振り返るとそこには拓真《たくま》がいた。拓真は花嵐の宴の準備を手伝っていた。その彼の言葉に、会場のスタッフは戸惑いつつも頷いた。

「そうですか、そういうことでしたら」

そして他のスタッフにも咲菜が代理をすると伝達してもらえた。

「拓真さん、ありがとうございます。もしかしたら拓真さんの方が代理に適任……」

そう言いかけて、拓真の背後に咲く花を見て咲菜は言葉を呑み込んだ。

そして、かつて旬が言っていたことを思い出した。拓真はよくやってくれているが、全てを任せきりにするには少々問題がある、と。それは彼がまだ若く未熟だからということかと思っていたが、どうやらそうではなかった。

「いえ、申し訳ありません。拓真さんの方が代理には適任だと思うのですが、ここはどうか私に任せてください。旬さんの代わりを務められてこそ、本当の妻にもなれるものだと思うので」

咲菜がきっぱりと言うと、拓真は一瞬戸惑ったような表情を見せたが、すぐにいつもの柔和な顔に戻った。

「そうだね、咲菜さんの方が適任だよ」

そうして拓真は咲菜の斜め後ろについた。

「事情は知っているよ、旬兄さんのこと心配だよね。でも、きっと大丈夫だよ」

「ええ、そうね。今はそれを信じるしかないわ」

そんなことを話していたときだった。

「……ちょっと、なにかあったの？」

ただならぬ空気を感じたのか、弥生がこちらへとやって来た。今日も紫を基調にしたスーツを身に纏《まと》っている。会場内でも彼女はかなり目立つ。

「ああ、弥生さん、今日も相変わらず素敵だね。この会場の蝶《ちょう》のようだよ」

「拓真、そんな余計なことはいいのよ。それより、なにがあったの？」

「うぅん、旬兄さんが会場を離れることになったんだ。ちょっと事情があって」

「は？　なによそれ？　主宰者が会場を離れるなんてあり得ないわ！」

そう言いつつスマートフォンを取り出して電話を掛けた。しかし、当然のことながら誰も出ないのであろう。弥生は舌打ちをして、電話を切った。

「花嵐の宴のことは、私が任されました」

咲菜が言うと、弥生は口元を歪《ゆが》ませた。

「はあ？　あなたが旬の代わりですって？　そんなことできるはずがないでしょう？」

「では、弥生さんが代理をしてくださると言うのですか？」

「……そうねぇ、隆彦《たかひこ》兄さんは不在だし、弓子《ゆみこ》さんに任せるわけにもいかないし、拓真もまだまだ未熟だし。もしかしたら、私が適任かもしれないわね。会場の花飾りについても毎年任されていたし」

「ですが……」

咲菜は顎に人差し指をあて、弥生の背後に咲く花を見つめた。

「会場の花飾りを取り仕切ったのは弥生さんではありませんよね？　どなたかにすっかりお願いして……」

「は？　なんですって？」

昨日、深夜の休憩時間に莉央から聞いていた。去年の準備のときには花涼院家の人はほとんど現れず、別の、代理だという人が取り仕切っていた、と。それが鞠子や愛美たちだと思われる。そして他にも……。

「あの方……あの緑色の着物を着たご婦人。その方に頼んでやっていただいたんですよね？」

弥生は咲菜が指さした女性を見て驚愕《きょうがく》の表情を浮かべ、すぐに咲菜へと視線を戻して言う。

「……は？　なっ、なに言っているの？　そんなことあるわけないじゃない！」

この狼狽《ろうばい》ぶりからして事実だと言っているようなものだ。

（なるほど。見える花の配置によって、どのくらいの時期の罪なのかが分かることがはっ

きりしたわね。この大輪のひまわり、かなり多くの人に嘘《うそ》をついたという証《あかし》だと思えた）

「それから……」

　咲菜は周囲のことを気にして、声を潜めた。

「弥生さんはかなり多くの男性と関係を持ってらっしゃるみたいですね」

「なんですって？　一体なにを言い出すの？」

「ええっと……あの方とあの方と、あの方。それから向こうにいらっしゃる背の高い金髪の男性ともただならぬ関係でいらっしゃるようね。それから……」

「もういいわよっ！　一体誰に聞いたのよ！」

　弥生は顔を真っ赤にして声を荒らげる。どうやら全て当たったようだ。

「遊んでいる、というより、遊ばれたといった方がいいかしら？　花涼院家の人と関係を持てば、なにかの恩恵にあずかれると思ったのかしらね？　花涼院家の一員として、そんな迂闊《うかつ》なことでよいのですか？」

「くっ……」

　弥生はぐうの音も出ないという様子だった。ここは一気にたたみかけよう、と咲菜は更に続ける。

「お分かりになりましたか？　弥生さんのような迂闊な方に旬さんの代理は任せられません。僭越《せんえつ》ながら、私がいたします。お許しいただけますか？」

「分かったわよ、勝手にすれば！」

そう乱暴に言い捨てると、弥生は肩をいからせて歩いて行ってしまった。

「……咲菜さん。驚いたよ。まさか弥生さんを言い負かすなんて」

拓真が背後から声を掛けてきた。咲菜は余裕の笑みを浮かべつつ頷《うなず》く。

「ええ、旬さんの代理というからにはこれくらいできなければいけないから」

これで第一の難関は突破したとばかり、咲菜はふぅっと息を吐いた。

そうして改めて会場に居る人達を見つめてみる。

宴《うたげ》は立食パーティーで、丸テーブルの上に並べられた食事や飲み物を取って、各々歓談を楽しむという形式だった。会場の壁際に椅子が配置されていて、そこに腰掛けて話し込んでいる人たちもいた。

そんな会場では、様々な罪の花が咲いていることが分かる。誰もがなんの罪も犯さずに生きていくことはできない。だからそれは自然なことだ。

（あ……あんな偉そうな顔をしている人も、家に帰ったら奥さんにかなりやられているようね……暴力までふるわれて、お気の毒だわ。あの方は……）

人の背後に咲く花を見ると、その人のことがいろいろと分かった。それを恐れずに見られるようになったのは、旬の言葉があったからだ。『罪をよく見ろ、自分のことをよく知れ』と。だから咲菜は強くなれる。

（人をそう恐れる必要なんてない。私にはなにもかもお見通しなのだから）

咲菜は小さく笑みを漏らして、ゲストたちの応対をしていった。

咲菜には初対面の人が多かったから、挨拶しに来る人、こちらから挨拶が必要な人は、拓真がそっと教えてくれた。

初対面の人にも、先の婚約披露パーティーで会った人にも、そつなく応対することができた。こんなにしっかりしているならば、旬が代理を頼んだのも頷ける、と言ってもらえたことに自信を得ることができた。

そうして十八時になり、開宴の時間となった。

主宰者は舞台に立ち、挨拶をしなければならない。

「これ、旬兄さんが用意していた挨拶の文章だけど、どうする？」

拓真がタブレットの文章を見せてくれたが、そのままだと咲菜が話すには相応《ふさわ》しくない内容だった。だいたいのことを頭に入れて、後はぶっつけ本番で話すしかない。

「なんなら、主宰者は都合により不在なので、挨拶はなしということにしてもいいんじゃないかな？」

拓真が心配そうに言うが、咲菜は首を横に振った。

「大丈夫よ、なんとかするわ」

咲菜は人でごった返す会場を堂々と歩き、舞台の上へと上がっていった。

いざ大勢の人を目の前にすると足がすくみそうになったが、ここで引くわけにはいかない。

(きっと今、旬さんは戦っているはず……。私も戦わないといけないわ。怖《お》じ気《け》づいてなんていられない)

咲菜は手をぐっと握り、マイクがある中央まで歩いて行った。

そうしてマイクの前に立つと、にっこりと会場へ向けて微笑《ほほえ》みかけた。

「皆様、ご歓談中かと思いますが、少しご挨拶させてください」

咲菜が言うと、会場中の視線がわっと集まってきた。

同時に罪の花たちがこちらに向かってくるように思えて、それに圧倒される。倒れ込みそうになるが、なんとか堪えて足を踏ん張った。

「本日の宴の主宰者、花涼院旬の婚約者で、西島《にしじま》咲菜と申します」

そう言って、帯の辺りで手を重ねて、もう一度丁寧に頭を下げた。

「花涼院旬ですが、申し訳ございません、どうしても彼にしか対処できない急用ができまして、会場を失礼させていただきました。代わりに婚約者である私がこの宴のことを任されました。ふつつか者でありますが、どうかお許しください。さて……」

咲菜は挨拶を続けた。

こんな大勢を目の前にして話すのは、小学校の学芸会で女王様の侍女の役をやって以来だ。しかも目前にしているのは子供達を見る優しい保護者達の目ではない。咲菜のことを値踏みするような、意地悪い視線がほとんどである。

（そんなこと気にしている場合ではないわ。とにかく、今日はこの宴を皆さんに楽しんでいただかないと、そのための挨拶なのだから。旬さんの婚約者がどこまでできるのかと試すように見ている人達には、むしろそれを楽しんでもらえばいいのよ）

そう思って気持ちを保ちつつ、最後まで笑顔で挨拶することができた。

「それでは皆様、短い時間ですがどうかお楽しみください」

そう言って最後に会釈をすると、会場からは拍手が沸き起こった。

その拍手が、咲菜の挨拶を褒めるものなのか、そうではないのかは分からなかったが、とにかく主宰者代理としての挨拶はやりきった。咲菜は舞台の上を歩き、袖までやって来た。

「すごかったよ、咲菜さん！　みんな咲菜さんの言葉に聞き入っていたよ。まさかここまでやるとは。さすが旬兄さんの婚約者だね！」

拓真がそう言ってくれたことで、ほうっとひと心地がつくことができた。

「旬さんには遠く及ばないけれど」

「そんなことないよ。きっと、兄さんも認めてくれるはずだよ」

「そうだといいけれど」

拓真に苦笑いを向けて、咲菜は再び会場の方へと下りていった。

挨拶をして終わりではない。会場を回って、ゲストが楽しんでいるか、なにか不足がないか、見回らないといけない。

その中で何人かに話しかけられたが、その全てが咲菜に好意的だった。背後の花を見ても、嘘をついているようには思えない。ああ、自分の能力はこんなこともできるのだと気付いた。

「……上っ面だけはなんとか代理を務められたようね」

聞き覚えがある声に振り返ると、そこには愛美が立っていた。

咲菜はぐっと息を吞《の》んだ。

先ほど倉庫に呼び出して、咲菜めがけてシャンデリアを落としたのは愛美だと疑っていた。愛美らしき声も聞いた。咲菜の手伝いをすると嘘をついて、会場にも出入りしていた。倉庫にも入ったことはあっただろうから、シャンデリアがロープで吊《つる》された状態で保管されていたことを知っていた可能性は高い。

それに、なにより愛美の背後に咲いたばかりの花が全てを物語っていた。

(愛美姉さんのせいで旬さんが……)

それでも少し安心できたのは、愛美の背後に咲いている花が人を殺《あや》めた百合《ゆり》ではないことだった。まだ旬が生きていることが分かった。彼女の背後に薄い赤色のネリネが花弁を広げていた。

　それから、小さなひまわりがたくさん咲いている。数え切れないほどの嘘をついて、人を裏切ってきたのだろう。その花の多さに気分が悪くなってくる。

「先ほど、私を倉庫に呼び出したのはあなたね？」

　咲菜が言うと、愛美は眉尻をぴくりと動かした。

「なんのことかしら？」

「シャンデリアが落ちたわ。それをやったのはあなたでしょう？」

「まあ！　あの大きなシャンデリアが落ちたの？　大丈夫なの？　怪我《けが》はない？」

　大袈裟《おおげさ》にそう言いながら咲菜の身体《からだ》を確かめる。きっと愛美にしてみたら、それで咲菜が少しでも怪我をしていたら嬉《うれ》しかったのだろう。

「……あら愛美さん、こんなところに居たの？」

　振り返ると、そこには鞠子の姿があった。相変わらず美しく着飾っていて、そこに立っているだけで花になる。ただ、その背後に咲いている花は醜悪なものだった。

「……そう、鞠子さんに命令されてやったのね」

「……？　なんのことかしら？　それより咲菜さん、先ほどの挨拶は素晴らしかったわ」

　鞠子が眩《まぶ》しいほどの笑顔で言う。

「そんな心にもないことを、ありがとうございます」

咲菜はゆっくりとした所作で頭を下げ、視線を戻すと鞠子の口角が引きつっているのが見えた。

「姉さんに、私に怪我をさせるようにとでもお願いしたんでしょう？　そうならなくて残念でしたわね」

「あら、なんのことかしら？」

さすがに鞠子は余裕の表情だ。惚《とぼ》ける顔も言葉も堂に入っている。

「代わりに旬さんが大変な怪我をしてしまって」

「え……」

「それで私が僭越ながら代理をすることになったのです」

咲菜がさらりと言うと、鞠子の表情が見る見る曇っていくのが分かった。愛美も同様だ。愛美はシャンデリアを落としてすぐに倉庫から逃げ出し、旬が咲菜を庇《かば》ったことなど知らないのだろう。

「なっ！　なんですって？　旬様が？」

鞠子が真っ青な顔になって、その場にしゃがみ込んでしまった。そして震える声で愛美を怒鳴りつける。

「愛美さん！　あなたなんてことをしたの？」

「ごっ、ごめんなさい……。そんなつもりでは……。私は、咲菜を狙っただけで」

「信じられないわ。あなたって本当にどういうつもりなの？　咲菜をどうにかしろって言ったのに、まさか旬様に怪我をさせてしまうなんて……私たちの関係もこれまでね」

「そ、そんな鞠子様……！　私、今まであなたのためにどんなことでもしてきたのに」

「もう黙って！」

思っていた通り、鞠子は旬のことが本当に好きなのだろう。その旬に愛美が怪我をさせたと知ったら、このふたりの関係にヒビが入るのは目に見えていた。

（姉さんは鞠子さんに心酔していたわ。その人の悪口を言った時点で、私を騙《だま》そうとしているんだと気付くべきだった……）

過去のことを思い出して悔いる。その時に自分の能力を使っていれば、そんなことはすぐに分かったはずなのに。

「旬さんに重傷を負わせたこと、露見したらどういうことになるでしょうね？」

咲菜は乾いた笑みを貼り付け、愛美のことを見つめた。

愛美は真っ青な顔で首を何度も横に振る。

「あれは事故だったのよ」

「では、その場にいらっしゃったことはお認めになるのね？」

「そっ、それは……」

愛美は曖昧な態度で口ごもる。

なんて惨めな、と咲菜は思っていた。あんなに恐れていた姉なのに、今は哀れだとしか思えない。

「このことは後ほどゆっくりとお話を伺うとして……今はどうか宴《うたげ》をお楽しみください。他のゲストの方も、なにがあったのかと気にされていますわ」

咲菜は余裕の笑みを浮かべる。

するとふたりは周囲の視線に気付いたのか、鞠子はすっと立ち上がり、取り繕うような笑顔を浮かべ、愛美は顔を引きつらせてその場に呆然《ぼうぜん》と立ち尽くしていた。

「こちらもいろいろと証拠を揃《そろ》えないといけませんので、お時間をくださいね。手袋もされていないようですので、指紋など残っているかもしれませんね。倉庫の出入り口に、防犯カメラもあったかと思います。その映像も確認しなければ。では、私はこれで失礼いたします」

そうして咲菜はふたりに背を向けて、会場を見回るためにその場を離れた。

(旬さん……私が甘かったせいで旬さんをあんな目に遭わせてしまった。もう私、手加減しないから)

そう決意を固め、しかし今は花嵐の宴を成功させることだと笑顔を浮かべて、会場を回っていった。

＊

花嵐の宴は予定通り二十一時には終わり、咲菜はゲストを全員見送った後、自分の荷物を取りに控え室へと急いでいた。

（早く、旬さんの元へ行かないと！）

本来ならば会場の片付けまで立ち会うべきだったが、そこは免除してもらっていた。旬は今、都内の病院に入院しているという。早くそこへ駆け付けたい、気持ちが急《せ》いていた。

咲菜はすっかり疲れ切っていた。慣れない応対で疲れたということもあるが、勾玉《まがたま》のブレスレットを外して人と対面していたからだ。人の罪を見ることは精神的にも疲れることだった。咲菜は勾玉のブレスレットを元のように手首につけた。もうしばらく外したくなかった。

控え室で荷物をまとめてホテルの出口へと向かっているときだった。

「咲菜さん！」

突然の声に足を止めて振り返ると、そこには拓真の姿があった。

「車を用意させているから、一緒に行こう！　こっちだよ」

そう言われて手招きされた。

しかし咲菜は一緒に行くべきかどうか躊躇《ちゅうちょ》してしまった。

そして、一度はつけた勾玉のブレスレットを再び外して、拓真の背後に咲く花を改めて見つめた。

このまま彼に付いていくのは危険だと思う。それを表情や態度に出さないように気を付けて、咲菜は言う。

「いえ、私は旬さんの付き人が用意してくれた車で行くわ。もう外に待たせてあるの」

「え？　そうなの？　だったら俺もそっちの車で行こうかな」

そう言われて断る理由は思い浮かばなかった。

それに、拓真の危うさは彼の背後に咲く花を見て分かっていたが、すぐになにかをしようとは企《たくら》んでいないだろう。旬の付き人が運転する車ならばなにも危険はないし、ここで彼に怪しまれてはいけないと考えた。

「そうね、一緒に行きましょう」

そうして咲菜は旬の付き人が用意した車に乗り込んだ。病院までは二十分ほどの距離だと聞かされ、車は街灯が光る、夜の道を走り出した。

「旬兄さん、無事かな？　間に合えばいいけれど」

「そうね……」

咲菜は車窓に映る風景を見ていた。

このまま、旬の無事だけを願って病院まで行ければよかったが、そうもいかなかった。

咲菜はもうなにもせずに幸せを願っているわけにはいかないのだ。

「ところで、先ほどの宴ではサポート役をしてくださってありがとうございます。おかげでずいぶんと助かりました」

「ああ、あんなの大したことないよ。それより、咲菜さんがあそこまでやるとは思っていなかった。驚いたよ」

「ええ。もし私がなにか失敗したら、すぐに自分がとって代わるつもりだったのでしょう？」

「え？」

「おかげで、私はなんとかがんばれました。拓真さんに自分の代わりをされるなんて、旬さんは望んでいないことだったでしょうし」

咲菜は鋭い瞳で、隣に座る拓真を見た。

拓真はまだいつもの柔和な表情を崩さず、咲菜の顔を不思議そうな顔で見つめていた。なんでそんなことを言っているのか、分からないといった様子だ。

「愛美姉さんに、倉庫のシャンデリアを落とすようにとそそのかしたのは拓真さんだったんですね」

「は？　なにを言っているのか意味が分からないんだけど？　愛美姉さんって、誰のこと？」

「そして、旬さんには倉庫で私が困っているとでも嘘《うそ》をついて、倉庫に向かわせた。旬さんをシャンデリアの落下に巻き込むつもりだったのか、あるいは私がシャンデリアの下敷きになっているところを見せるつもりだったのかは分からないけれど」

今日、愛美に会ったときに見た花と、同じ花が拓真の背後にも咲いていた。同じ種類の花でも、ひとつひとつの花には個性がある。同じ花が違う人に咲いているということは、その人たちが共犯関係であるということだ。恐らくは拓真が愛美をそそのかしたのだろう。

「ははは……まさか、そんなことあるわけないじゃないか。なにを言っているの？　なにか証拠が？」

「証拠はなくても、私には分かるのよ。そうね、証拠が必要ならば今からでも集めるけれど、あなたがしたことは全てお見通しだわ」

咲菜がきっぱりと言い切る。拓真はそれでもなお、無実の罪を着せられそうなかわいそうな俺、というような態度だったが、やがて醜悪な笑みを浮かべ、ふっと鼻で笑った。

「まことの花嫁……それで旬兄さんの花嫁に選ばれたって聞いたけれど、そうか、そんな人の心を見通すような化け物じみた能力を持っていたってわけか」

「ええ、そうね。化け物とでも、なんとでも言うがいいわ。ただ、私に対して隠し事はできないわ」

咲菜が余裕の表情で応じると、拓真はそれが面白くなかったのかチッと舌打ちをした。

「そのようだね。確かに、君のお姉さんにシャンデリアのことを教えたのは俺だよ。いつも旬兄さんの後ろに隠れていた君が気に食わなかったし、君が傷ついたら旬兄さんはさぞや面白い顔をするんだろうなって思って。でも、本当にやるとは思ってもいなかったし、まさか旬兄さんが巻き込まれるなんて予想外だったよ。これって、漁夫の利って言うんだっけ？　我ながら上手《うま》いことといったなあと思うよ」

不敵に笑いながら、ジャケットのポケットからなにかを取り出した。

なにを、と思ったらそれは拳銃だった。なぜそんなものを持っているのかと驚愕《きょうがく》している間に、拓真は拳銃を運転手の頭に当てた。

「その能力のことは、父さんも知っているんだろう？　ならば、告げ口されたら困るなあ。運転手さん、行き先を変更して。俺の母親の別宅は知っているよね？　そこに連れて行って」

「はっ、はい」

さすがに拳銃を突きつけられて、冷静では居られなかったのだろう。上ずった声で言って、スピードを緩め、ウィンカーを右に出した。

「……なにをするつもりなの？」

「そうだなあ、これから病院に行って旬兄さんの最期を見届けるつもりだったけれど、それよりも先にすることができちゃったからさ。ちょっと付き合ってよ。大丈夫、殺したりはしないからさ」

そう楽しそうに言った拓真は、今まで知っている拓真とはまるで別人のようだった。

（……きっと旬さんは、拓真さんの正体を知っていたのね。私ってば、本当に今までなにを見ていたのかしら？）

そんな咲菜の後悔を乗せて、車は夜の街を走って行った。

たどり着いたのは周囲を森に囲まれた、邸宅の門前だった。車に乗っていた時間は三十分ほどだったから、都内のどこかだろう。

拓真は拳銃を持ったままで、咲菜と運転手に車から降りるようにと言った。ここは大人しく従うしかないだろう。

そうして邸宅の中に入ったところで、咲菜に運転手をロープで縛り上げるように指示した。

「逃げられるように緩く縛ったりしたら、すぐに運転手の頭をぶち抜くからな」

拓真は笑いながら、拳銃をゆらゆらと揺らした。

咲菜は運転手の手首を固く縛り上げた。そしてタオルで猿ぐつわまでさせるようにと指示された。こんな犯罪の片棒を担がされるとは、と嘆きつつも、従うしかない自分が悔しい。

彼には人を殺したような花は咲いていなかったが、暴行の花は数知れず咲いていた。中には瀕死《ひんし》の重傷を負わせたのではないか、という邪悪な花も咲いている。

「ごめんなさい……痛いと思うけれど、少し我慢して」

咲菜はタオルを手にしながら運転手にそっと話しかけた。

「いいえ、私のことはいいです。それよりも咲菜様、くれぐれも用心なされて……」

「分かっているわ」

そう言いつつ、用心していたはずなのにこれだと苦笑いしか漏れない。

「なにをこそこそと話しているんだ。お前はこちらへ来い」

そう言いながら、拓真は咲菜の手首を摑《つか》んだ。

「痛いわ、やめて！」

咲菜が鋭く叫ぶと、拓真は咲菜の頰を思いっきり平手で叩《たた》いた。

「いいから、来いって言ってるだろう？　下手な抵抗をしたら俺、なにするか分からないよ？　今ここで、その運転手を殺してもいいんだよ？」

自分はともかく、無関係な人を巻き込むことはできない。咲菜は逆らうことができず、そのまま手を強く引かれ、邸宅の二階の部屋へと連れて行かれた。

部屋に入るとようやく手首を離してくれた。そこは家具もなにもない、窓がひとつきりあるだけのがらんとした部屋だった。咲菜はフローリングの床に座り込んだ。

拓真は部屋の鍵を内側から閉めると、咲菜のところにやってきてしゃがみ込んだ。

「さあ、冷静に話し合いをしようじゃないか」

「そのつもりならば、その拳銃をしまって」

咲菜が強気な態度で言うと、拓真はつまらなそうに唇を尖《とが》らせてから、言われたとおり拳銃をジャケットのポケットに戻した。

「咲菜さんって、本当に変わったよね。今までは旬兄さんの後ろで、おどおどしていただけだったのに。……そうだな、俺好みの女になった」

「この期に及んでなにを言っているのよ？」

「こんなときだから、だよ。もうすぐ旬兄さんは死ぬでしょ？　いや、もう死んでいるかな？　宴《うたげ》の最中にそんな知らせを入れて咲菜さんを動揺させないために、隠していたのかもしれない」

「なにを言っているの？　旬さんは病院に運ばれるなり手術室に入って、今はその手術の最中よ。医師が手を尽くしてくれているわ」

「ふーん、そうなんだ？　俺はそんなことは聞いていないけれど」

(私だって聞いていないけれど)

とにかく、拓真の言うことに反抗したい気持ちだった。本当に手術中ならば、咲菜のところに知らせが入っていてもおかしくない。それがないということは……と考えたくないことを考えてしまい、咲菜はその考えをさっさと頭の外に追い出した。

「まあ、でもさぁ、時間の問題だと思うよ？　そうなるとさあ、花涼院家の次期当主は俺ってことになるわけだろう？」

「……そうなのかもしれないわね」

「そうなると、君は俺の花嫁になるっていうことだよね？」

不意の言葉に、咲菜は目を丸くしてしまう。

「なにを言っているの？　私があなたの花嫁ですって？　あり得ないわ」

「能力持ちの花嫁を、花涼院家が逃すわけないだろう？　たとえ旬兄さんが死んだとしても。君は花涼院家に連れて来られたときから囚《とら》われの花嫁なんだよ。なにがあっても花涼院家から出ることはできない」

確かにそれは咲菜も感じていたことだった。

旬は、咲菜に好きな人ができたら婚約を解消するなんて言っていたが、それは嘘だろう。

「でも、兄の婚約者と弟が結婚するなんて……」

「まあ、子供さえ作ればいいだけの話だからさ、公に花嫁にしなくてもいいのさ。籍を入れる必要もない。花涼院家のどこかに閉じ込めて、子作りだけすればいいんだ。でも、できればそんな方法は取りたくないでしょ、お互いに」

「あっ、当たり前でしょう？」

つい焦って怯《ひる》んだ声を上げてしまった。想像するだけでぞっとする。

「つまりさ、咲菜さんは俺に従うより他にないんだよ？　分かる？」

そう言いつつ、拓真は咲菜に迫ってきた。

その醜悪な顔を見ているだけで、気持ちが悪くなってくる。もう同じ空間にいるだけでぞっとする。そんな人の花嫁になるなんて、人生を捨てるようなものだ。

ここで負けるものか、と咲菜は床についた手をぐっと握った。

「……ならば。あなたが花涼院家の跡継ぎに相応《ふさわ》しくないと世間に暴露するわ」

「なんだって？」

「そうね、私、花涼院家に入ってあげてもいいわ。それだけ私の能力は花涼院家にとって必要なもののようだから。でも、結婚相手は自分で選ばせてもらう。別に直系の中から跡取りを選ぶ必要はないでしょう？　あなたなんて願い下げよ」

「こいつ……！　言わせておけば」

拓真は咲菜の手首を掴み上げる。

凄《すさ》まじい力に怯みそうになるが、咲菜は負けない。

「私は旬さんの花嫁よ！　他の人の花嫁になるつもりなんてないわ！　それがあなたただなんて、死んでも嫌。あなたの花嫁になるくらいならば、今すぐにここで命を絶つわ……！

でもそうなるとあなたも困るのではないの？　花涼院家が探し続けた花嫁を死なせてしまったのよ。それをあなたのお父様は許すかしら？」

「う、うるさいっ！」

拓真が手を振り上げたそのとき、扉をノックする音が響いた。

「まさか、さっきの運転手か？」

拓真が焦ったように言って、ジャケットから拳銃を取り出した。その隙をついて、咲菜は立ち上がり、窓際まで逃げた。

「この女っ！　舐《な》めた真似《まね》しやがって！」

拓真が叫んで、咲菜の手を掴んだそのときだった。

内側から鍵をかけていたはずの扉が易々《やすやす》と破られ、部屋に誰かが入って来た。

なにが起きたのか、と瞬《まばた》きしている間に、その人物は拓真を殴りつけ、倒れた隙に素早く咲菜の元まで来て、手首を掴んで自分の方へと引き寄せた。

「え……そんなまさか」

咲菜は我が目を疑った。

そこに居たのは旬だった。

しかも、あれだけ血だらけだったのにまるで怪我《けが》をしているようには見えない。顔色もよく、健康そのものの姿でしっかりと立っている。

そして素早い動作で、拓真の手から拳銃を取り上げた。油断していたのか、拓真はなんの抵抗もできなかったようだ。

「今まで見逃してきたが、どうやらそうもいかなくなったようだ。こんなオモチャまで振り回すなんてな」

旬は張りのある声で言い、拳銃を自分の懐にしまいながら、拓真を睨《にら》み付けた。拓真は立ち尽くし、信じられない、といった目つきで旬を見つめている。

「な……そんなまさか。シャンデリアの下敷きになって、あんな血だらけだったのに。もう死ぬのも時間の問題だったはずなのに……」

「残念だったな。知らなかったかもしれないが、俺はずいぶんと身体《からだ》が丈夫なんだよ」

旬はそう言うが、身体が丈夫だとかそんな問題ではない。咲菜は確かに見たのだ。旬は咲菜を庇《かば》ってシャンデリアの下敷きになり、床には血の池ができていた。つい数時間前まで虫の息だった人が、こんな回復はあり得ない。

「まさか、そうか身代わりが……」

拓真がそう口走った。

咲菜も、可能性があるならばそうとしか考えられなかった。いや、でも、倒れた旬と咲菜は少しだが会話を交わした。あれは旬に間違いなく、それが身代わりの人だとは思えない。

混乱しているふたりをよそに、旬は更に続ける。

「拓真、咲菜をこんなところに連れて来てどういうつもりだ？　まさか、俺の婚約者を奪おうなんて魂胆じゃないだろうな？」

「なっ、なにを言っているんだよ、そんなはずないでしょう？　ただ、俺は……」

「どうして咲菜をここに連れて来たのか、いい言い訳が見つからないようだな」

旬は拓真にぐっと迫る。拓真は目を泳がせて、なにも言えない。

「お前が今までにしでかしてきた悪事も全て知っている。その追及を恐れて海外に逃げたことも。年を重ねて成長すればそのようなこともなくなるだろうと期待していたが思い違いだった。お前の生まれ持った性根の悪さは成長しても変わらない。お前の考えていることは大体分かる。俺が死にそうだと聞いて、次期当主の座が自分に回ってきたと思ったのだろう？」

「ああ、うん。まあ、それは否定しないよ」

拓真は肩をすくめて言う。すっかり開き直ったような態度だ。

「残念だが、俺が死んでもお前が次期当主になることはあり得ない。隆彦さんはお前の悪事など全て承知だ。とても当主の器ではないと言っていた」

「え……」

「俺に万一のことがあったら、次期当主の座は花涼院家の親戚筋の中から選ぶことになっている。残念だったな」

「まさか、そんな嘘《うそ》をついても無駄だよ。なんで俺という息子がいるのに、親戚の中から自分の跡取りを選ぶのさ？　あり得ないって」

「隆彦さんは厳しい人だ。俺も、長男として生まれたからといって自動的に花涼院家を継げるなんて思うな、と厳しく言われている。跡取りになるためにかなりの努力を強いられ、それは今も継続中だ。花嵐の宴の主宰者を任されたのもそのテストのひとつだろうな。跡取りに相応しくないと判断されたらすぐに別の者を選ぶだろう。隆彦さんはそういう人だ」

拓真はじっと口ごもっている。旬の努力も、その父親の厳しさもきっと知っているのだろう。

「そんな人だから、花涼院家に害をなすと思った者は平気で見放すだろうな」

「……ああ、そうかもしれない」

「それになにより俺が許せない。お前をなにかの要職につけるようなことは決してしない。そんな動きがあったら真っ先に反対する」

はっきりと言い捨てる旬を前にして、拓真はがっくりと項垂《うなだ》れた。

顔色を失い、もうこちらに刃向かってくる気もないように見えた。それで安心したのか、旬の視線が咲菜の方に向いた。

「大丈夫か、咲菜。怪我はないか？」

旬に尋ねられ、咲菜は大きく頷《うなず》いた。

「顔色が悪い、恐《こわ》い思いをさせてすまなかったな。咲菜がいなくなったと聞き、これでも急いで駆けつけて来たんだが」

「それより、旬さんは……大丈夫なんですか？」

「ああ、なんの問題もない」

そう言って微笑《ほほえ》みかけてくれる旬を見て、咲菜は心底ほっとしていた。旬が死んでしまうかも、と思っていた恐れが霧散し、同時に、旬に対する思いが溢《あふ》れてきた。ああ、私はこの人が好きなのだ、としみじみ思った。

「……旬さん、私……」

咲菜がそう言いかけたときだった。

「……こうなったら俺はもうお仕舞いだ」

そう言いつつ、拓真はジャケットのポケットからナイフを取り出した。

拳銃の他にナイフも持っていたなんて、と思っている間に旬が素早く動いて、拓真と咲菜の間に入った。咲菜を守ろうとしてくれているのだ。

そして、次の瞬間には拓真が斬りかかってきた。

旬ひとりならば余裕で避《よ》けられたのだろう。

　しかし、咲菜を守ろうとしていた旬は、まずは右腕を切られ、それからナイフを腹に突き刺された。

　ナイフは旬の腹に深く入り込み、拓真はそのままナイフを手から離した。

「は……ははは……っはっははは！　とうとうやってやった！」

　拓真は自棄《やけ》になったように叫んだ。

「昔からお前のことは邪魔だったんだよ！　ほんの少し年が上だからって偉そうにしやがって！　俺の方がお前よりもずっと優れているのに。お前の顔色を窺《うかが》って生きるのはもうごめんだ！」

　拓真は肩を上下させて荒く息を吐いている。

「しゅ、旬さん！」

　咲菜は旬の様子を確かめた。

　ナイフがまだ刺さったままで、そこからはおびただしい量の血が噴き出していた。それを見ているだけで気が遠くなってしまう。

（は、早く手当てをしなきゃ……！　ええっと、こういう場合はナイフは抜かない方がいいの？　余計に血が出てしまうから。とにかくすぐに救急車を呼んで、旬さんを寝かせて）

　考えている間に、旬は自分の腹に刺さっているナイフを抜いてしまった。

そんなことをしたら余計に出血が、と思うが、不思議なことに血が出る様子がない。どういうことだと目を瞠《みは》っていると、

「こんな身体でも、刃物で刺されると痛いんだ。やめてくれないか？」

とてもナイフで刺された人が発する声だとは思えない。はっきりとした、張りのある声。いつもの旬の声だった。

「は……なんだよそれ……」

戸惑う拓真に向けて、旬はジャケットの袖をめくって、切られた腕を見せた。

そこには傷の痕がない。

ただ、血が流れた痕跡が残るだけだ。

「悪いな、隠していたが俺も能力持ちなんだ」

「な、なんだと？　能力持ちだって……？」

「どんな傷を負っても一瞬で消える。死ぬような傷を負っても、数時間で元のように回復する。こんなかすり傷なんて一瞬で消える。腹の方は元のようになるにはもう少し時間がかかりそうだけれどな」

そして旬は不敵な笑みを浮かべた。

だからシャンデリアの下敷きになって死ぬような大怪我をしてもすぐに回復して、今ここに立っているのだろうか。

とても信じられない。

しかし、この状況を目の当たりにしたら、それを信じるしかない。

「そ、そんなまさか。いや、でも待てよ……」

拓真は戸惑った表情ながら、なにやら考え込んでいるようだった。

「そうか、だから子供の頃も……。あんな高い崖から落ちても生きているなんて、おかしいと思っていたんだ」

「うん？　なんでお前がそんなことを知っているんだ？　あれは外には漏らしていないはず……」

旬は顎に手を当てて、なにやら考えを巡らせているような仕草をした。

「なるほど、あれを仕掛けたのもお前だったのか。あのとき、誰かに背中を押されたような気がしたんだ。あんな雨の日に、あんな山奥に人など居るはずがないと思っていたが、お前がいたんだな」

なんの話をしているのか、と咲菜には分からなかったが……いや、幼い頃の記憶になにか引っかかるものがあった。

昔、咲菜が十歳かそこらだったときに、家族で出掛けた別荘地で、咲菜を庇って崖から落ちてしまった男の子がいた。

その男の子のことを早く助けないといけない、と咲菜は雨の中を急いで山から下りて、そのことを大人に話したが、崖の下には誰もおらず、この辺りで行方不明になっているような男の子もいないと言われた。

(まさか、あの男の子って旬さんだったの？)

そんなことあり得ないと思うが、一方でそうならば全てのことに説明がつくではないかと思い至る。崖から落ちて死んだはずの少年。彼が不死であったならば、崖の下に誰もいなかったのも説明できる。すぐに回復して、立ち去ったのだ。

「なっ！　そんなことはしていない！」

「今、お前自身が白状したじゃないか？　そうか、そのときに気づいていれば、もっと早くにお前を排除できていたのに。我ながら間抜けだ」

そう言いつつ、旬はスマートフォンを取り出した。

「……ああ、全て済んだ、咲菜は無事だ。俺はちょっと血が出て人前には出られない。車を二台用意してくれないか？　一台は拓真を乗せて本家に向かわせてくれ、一台は俺と咲菜が乗る。着替えをしたいから一旦家に帰りたい。それから咲菜を休ませたい。その後に俺も本家に行くことになると思うが」

言うとおり、旬の傷はもう癒えていたが、血が流れた痕は残っていて、ジャケットもシャツもズボンも血だらけである。

「ほ、本家に連れて行くって……」

「そうだな、お前の沙汰は薫子さんに託そうと思う」

「あのバケモノにか！」

「……口は慎んだ方がいいと思うぞ？　ああ見えて俺たちの曾祖母様じゃないか」

「は……？」

まるでついて行けない。

薫子が曾祖母だと言う。どう見ても旬たちの妹にしか見えなかったのに。もしかして、薫子は能力者として花涼院家に入ったのだろうか。その能力は、不老不死……？

拓真はがっくりと床に倒れ込むようにして座り、間もなくして旬のお付きたちがやって来て、彼を連れて行った。

「咲菜、行くぞ」

旬にそう言われて手を差し出され、その手を取ろうとしたところで急に気が遠くなってきた。

今までの緊張から解放されたからなのか、咲菜はそのまま気を失ってしまった。

＊

「隠していて悪かったけど、話したところで信じてはくれなかったでしょう？　私が本当は百歳をゆうに超えているなんて」

「確かに……今でもなにかの冗談だと思っています」

あれから十日が経《た》っていた。

ここは咲菜の部屋で、薫子とふたり、ソファに腰掛けて話していた。

拓真は本家に送られて、それからどうなったかは聞かされていない。聞いてはみたのだが、知らない方がいいと言われた。

花嵐の宴《うたげ》が終わった後に本家に戻った薫子だったが、今日は咲菜の見舞いだと言って東京の花涼院家にやって来ていた。別に見舞われるほどの病気だったわけではなく、ただ疲れと緊張で三日ほど寝込んでいただけだ。だから本当は、東京で遊びたいから咲菜の見舞いということを言い訳に来たのだろう。

「旬さんのことも知ったそうね？　ときどきそういうことがあり、私の能力が子孫である旬さんに強く現れたのよ」

「ええ……驚きました。でも、ご自分のことがあるから、旬さんは私の能力もすんなり受け入れてくれたのかもしれませんね」

まるで化け物みたいだろう、と旬は苦笑いを漏らした。

そんなことを言ったら、咲菜の能力も化け物じみている。お似合いの夫婦になるかもしれませんね、と冗談めかして言ったら、そうかもな、と笑ってくれた。

「でも、初めから言ってくれればよかったのに。そうしたら、シャンデリアの下敷きになったときに死んでしまうかも、なんて余計な心配をしなくて済みました。花嵐の宴でも、私が旬さんの代理なんてしなくても大丈夫だったんじゃないですか？」

「そうかもしれないけど。いいじゃない、結局全て丸く収まったんだから！」

そう明るく言って咲菜の背中を思いっきり叩《たた》いた。

「いたた……百歳を過ぎた人の腕力とは思えません」

「咲菜さんもなかなか言うわね？　でも、旬さんにも言われたと思うけれど、このことは内緒にして。花涼院家の中でも知っている人は限られているのだから」

そのしゃべり方もゴスロリドレスも、とても百歳過ぎた人には思えない。なんだか、人生を謳歌《おうか》しているな、と思ってしまった。

「分かっています、誰にも言いません。言っても信じてもらえないでしょうし」

「そうね、そうした方がいいわ。特に花涼院家の外に漏らしたら、もしかして消されることも覚悟した方がいいかも。言った本人も、聞かされた方も」

なかなかに怖いことを言い出す。しかしそれはあながち嘘《うそ》ではないと思う。花涼院家では、秘密を守るためならばなんでもしそうである。

「でも、思ったよりも元気そうで安心したわ。また近いうちにお茶をしましょう。今度は家の敷地《しきち》内ではなく、外出しましょう。いいカフェを知っているから」

そう言って薫子は部屋を出て行ってしまった。

旬の曾祖母、なのであるから、子を産んだ経験も育てた経験もあるだろうに、とてもそんなふうには見えない。本人も見た目通りの年齢として扱われるのを望んでいるようだし、そのように接した方がいいだろう。

それからしばらくして、部屋の扉が遠慮がちにノックされた。応じると、水川《みずかわ》が部屋に入ってきた。

「少しよろしいでしょうか？」

「もちろんよ」

咲菜が応じると、水川はそっと微笑《ほほえ》んだ。

「もうすっかり回復されたようで、安心いたしました。あの夜、旬様に抱きかかえられて戻られたときには顔が真っ青でしたから」

「え……私、抱きかかえられてきたの？」

「ええ、そうですよ。部屋まで運んで、ベッドに寝かせたのも旬様です。さすがにお着替えは私に任されましたが」

「あっ、当たり前よ！」

自分が気を失っている間にそんなことがあったなんて。咲菜は耳の先まで真っ赤になってしまった。

「その旬様がお呼びです。少しお出掛けしたいそうで、玄関でお待ちとのことです」

「え……？　どこに行くのかしら？」

旬とは朝食のときに会ったばかりだったが、出掛けようなんて話はしていなかった。

「分かりませんが……。この前ご購入されたワンピースを着て行かれたらよろしいのではありませんか？」

意味ありげな水川の言葉に頷《うなず》きかけると、急いで着替えて、髪を整えてもらった。

「ああ、俺に会うためにそんなめかしこんで来てくれたのか」

玄関で待っていた旬は、咲菜が来たことに気付くと優しい微笑みを向けてくれた。

「ええ……変、ではないわよね？　今度、なにかお呼ばれされたときに着ようと思って買ったワンピースなの」

華奢《きゃしゃ》な水色のワンピースに一粒ダイヤのネックレスをつけて、白いパンプスを履いていた。

今までの咲菜だったらこんなワンピースは選ばない。つい数ヶ月前までは動きやすいパーカーにデニムパンツが最高だと思っていたのに。

「とても似合っているよ」

「そう、ありがとう……」

照れて俯《うつむ》いたまま、顔を上げられなくなった。

このところ、旬と話すときにはとても緊張してしまっていた。鼓動が速くなり、口がよく回らないことも多い。

「君に渡したいものがある」

旬は手にしていたものを咲菜に差し出した。それは、鈍く輝く真鍮《しんちゅう》製の鍵だった。桜をかたどったキーホルダーがついている。

「これは……なんの鍵でしょう？」

旬はその問いには答えずに言う。

「少し出掛けないか？　とはいえ、家を出てすぐ歩いて行けるところなのだが」

「ええ、少しお散歩をしたい気分だったので、ちょうどよかったわ」

咲菜が応じると、旬は咲菜の手を取った。

そうして花涼院家の裏門へと歩き、敷地を出ると銀杏《いちょう》の街路樹が美しい道を歩いて行った。

「あのとき……崖から落ちそうになっている私を助けてくれたのは旬さんだったんですね……。私、全然分からなくて」

「酷《ひど》いな、俺は一日だって忘れたことがなかったのに」

「わっ、私だって忘れたことはありません。でもあのときの旬さんは、私を庇《かば》って崖から落ちて死んでしまったと思っていたので」

あの男の子は一体誰だったのかと、ずっと気にしていた。

崖から落ちてどこかに引っかかり、そのままで居るのではないかと思ったことも何度もあった。だが、それを確かめに行くような勇気はなかった。

「もしかして、夏の別荘地で出会った幽霊だったのではないかと考えていました」

あれからじっくり思い出してみた。

大雨の日、旬の弟、拓真が、兄が山に入ったまま帰って来ないと咲菜の別荘に知らせに来たのだ。咲菜とよく遊んでいた山の洞窟に行くと言っていたと聞き、慌ててそこへと向かった。

しかし、視界が塞がれるほどの大雨の中で道に迷い、足を踏み外して崖から落ちそうになってしまった。そこへ捜していたはずの旬が現れて、咲菜を助けようと手を伸ばし、咲菜を引き上げた途端に旬が落ちていってしまったのだ。

酷い雨の中で、崖から這《は》い上がるのに夢中で気付いていなかったが、恐らくは木陰かなにかに拓真が隠れていて、隙を見て旬を崖の上から突き落としたのだろう。そういえば、立ち去る誰かの後ろ姿を見たような記憶もうっすらと残っている。旬は逆に、拓真から咲菜が山の中に入っていったまま戻らないと告げられたようだ。すべて、拓真が仕掛けたものだろうと思える。

「幽霊だって？　そんなふうに思っていたのか」

「あるいは真夏の夜の夢でしょうか……？」

「ああ、まあそうだな、きっと死んだものと思われているだろうから、急に俺が怪我《けが》もなにもなく現れたら驚くだろう？　あのときは、事情を話すわけにはいかなかったし」

「それはそうです！　今回だって、あんなに血だらけだったのに傷一つなく……驚きの連続です！」

拗《す》ねたように言って唇を尖《とが》らせると、旬はふっと笑った。

「だから時間をかけて会いに行こうとした。君がいる中学に編入したのも、君に会うのが大きな目的のひとつだった。なのに君ときたら、俺を見てすぐに顔を強《こわ》ばらせて、逃げ出してしまって……」

「あのときは本当にごめんなさい……。だって、テレビでしか見たことがなかったような、大輪の百合《ゆり》の花が咲いていたんだもの。殺人の罪の花が咲いていると思って……今はそうじゃないって分かりますけど」

少年時代の旬に出会った頃には、花を見る能力はあったがその意味には気付いていなかったのだ。誰の背後にどんな花が咲いていたかも、あまり記憶に留《とど》めていなかった。

「それから君はすぐに学校に来なくなってしまった。西島家に伝わる能力のせいだろうと気づいて、その能力を封じる勾玉《まがたま》を見つけ出して、やっと迎えに行けると思ったのに、君は既に実家から出た後で」

「ええ、そうでしたね……。本当に間が悪く」

「継母《ままはは》たちからいじめられる家から、颯爽《さっそう》と君を助け出す、王子様でも演じられると思っていたのに」

「ああ！　そうだったんですね！　まったく惜しいことをしました。もしそうだったら、両親と姉の悔しそうな顔が見られたのに。もう少しここに置いてください、とごねたらよかったです」

「君も言うようになったな。会ったときよりもずっと強くなった」

「そうですね、旬さんの側にいるためには強くならないといけないみたいですから」

そう言って咲菜は歩みを止め、まっすぐに旬を見上げた。

「私、もっと強くなります。もうどこにも逃げません。自分の能力ともまっすぐに向き合います」

「ああ、それでこそ俺が惚《ほ》れた女だ」

そう言って微笑みつつ、旬は街路樹が途切れた先にある黒鉄門の鍵を開けた。

「ここは……？」

「花涼院家が和歌山から東京に住まいを移した当初に使っていた屋敷《やしき》だ。今は誰も住んでいない場所だが、手入れはされている」

高い塀に囲まれた屋敷だった。門から一歩入ると、背の高い木々があり、屋敷までは石畳の道が続いていた。その先にある屋敷はレンガ造りで白い木枠の格子窓が美しい、大正レトロ、といった雰囲気だった。

「しかし、連れて来たかったのはこの屋敷ではなく、その裏手にある」

旬は咲菜の手を引き、更に歩いて行った。

「連れて来たかったのはここだ」

そうして現れたのは木々に囲まれたガラス張りの透明な建物、温室だった。

「君のために用意した温室だ。好きに使ってくれていい」

「え？　私のために？」

確かに、元からあったのではなく新たに作られた温室のようだった。全面ガラス張りで、天井は美しいアーチを描いていた。

「先ほど渡した鍵があるだろう？　その鍵で開くはずだ」

咲菜は旬にもらった真鍮の鍵を取り出して、ドアノブの下にある鍵穴に差し入れた。なんの抵抗もなく鍵は開き、ドアノブを廻《まわ》すと入り口の戸が開いた。

その途端に花のむせかえるような香りが襲ってきた。薔薇《ばら》、百合、桔梗《ききょう》、シャクナゲ。色とりどりの花に囲まれ、なんだか天国にでも来たような心地になった。

「君の力を封じる勾玉を探したと言っただろう？　もしそれが見つからず、君が引きこもりから脱却できなかったときのために用意しておいたのだ。ここだったら、人の目を気にせずに過ごせる」

「なんて素敵……！　これを、私のためにだなんて」

旬はずっと長い間、咲菜のことを考えてくれていたのだ。たとえどんな状況であっても咲菜を受け入れられるように。

胸の前で手を組み合わせ、すっかり感激している咲菜を見ながら、旬は温室の奥へと向かっていった。そこには木製のテーブルと椅子があり、近くに暖炉までついている。背後は鳥と花を描いたステンドグラスになっていた。ここでお茶を飲みながら花に囲まれて過ごしたらなんて素晴らしいのだろう、と思える。

「これを、君にと思って用意していた」

見ると、テーブルの上に小箱がのっていた。

旬はそれを手にすると、咲菜の前に跪《ひざまず》き、その蓋を開けた。

そこにはダイアモンドの指輪があった。ガラスの天井から降り注いできた光を反射して、キラリと輝く。

「君をここに連れて来るときには、君の能力目当てに俺の花嫁になれと嘘《うそ》の理由を言った。そうしないと君が俺を受け入れてくれなそうだったから」

「え、ええ……」

「しかし、今こそ真実を語ろう。初めて会ったときから君のことが好きだった、ここまで君を追いかけてきて、それでやっと捕まえることができたんだ。俺と、結婚してくれるか？」

そしていつも自信たっぷりな旬らしくなく、小首を傾《かし》げ、少し弱気な表情だった。

今までずいぶんと遠回りをしてしまった。

だが、旬はいつまでも咲菜のことを思ってくれていて、咲菜を迎えに来て、そしてこうして目前にいる。

「ええ、もちろんです」

そう言うと旬は破顔して立ち上がり、小箱の中から指輪を取り出して咲菜の左手の薬指にはめた。

そうして旬は強く咲菜を抱きしめた。

咲菜は旬の背中に手を回して、酔うように瞳を閉じた。この時間がずっと続けばいいと、心から願っていた。

あとがき

この本を手に取ってくださった皆様、こんにちは。黒崎蒼《くろさきあお》です。

こちら、私が好きな俯《うつむ》きがちメガネ女子の変身、成り上がりシンデレラストーリー、特殊能力を盛り込み、そして女同士の骨肉の争いを添えて、まるで昼ドラみたいなお話になっております。とても楽しく書いたのですが、それが読者の方にも届けばいいなと思っています。

このお話の主人公、咲菜《さきな》は人の罪を見る力を持っていますが、実はこの能力、いつかどこかで使いたいなとずっと思っていた能力でした。しかし、女性向けの恋愛話としてはなかなか使いどころが難しい。ですが『人の罪を花として見ることができる』ということで、このような形にすることができました。当初、この能力は『閻魔《えんま》の目』と呼んでいたのですが、閻魔という響きがおどろおどろしいですよね。咲菜に当てはめると『罪咲く瞳』でしょうか？　こんな能力を持つ人が刑事にでもなれば、ひと目で犯人が分かるわけだからあっという間に事件解決できそうですよね。後は証拠を集めるだけだ、みたいな。実はそんなお話を書いたこともあったのですが、私の中だけでお蔵入りになっています。

以下ネタバレになるので、ネタバレ嫌いな人は読み終わってから先に進んでいただきたいのですが、ラストの旬《しゅん》から咲菜へのプレゼントについてはかなり悩みました。もちろん、咲菜がプレゼントされて嬉《うれ》しいもので、書いている私も贈られたら嬉しいものでないと、読んでいる方に伝わらない、と考えまして結局あのような形になりました。そうです、温室です！　欲しい！　咲菜は自分でお花の世話をするからいらない、と言うでしょうが、私は温室管理人も込みだったら尚更《なおさら》いいなと思います。温室を独り占めして午後の紅茶を楽しみながら読書するなんて最高です！　ということで、自分がどんなに望んでも手に入らなそうなものを咲菜に与えてみました。羨ましい！

さて、この本を作るにあたってはたくさんの方々のお力をお借りしております。担当様、編集部の皆様、校正者様、イラストレーター様、デザイナー様、それから印刷所の方、書店員さんと書いたらきりがありませんが、皆様に感謝申し上げます。

そしてこの本を読んでくださった読者の方々にも感謝を。またお会いできましたら嬉しく思います。

黒崎　蒼

お便りはこちらまで
〒一〇二―八一七七
富士見Ｌ文庫編集部　気付
黒崎　蒼（様）宛
ウエハラ蜂（様）宛

富士見L文庫

罪《つみ》咲《さ》く花嫁《はなよめ》の契約《けいやく》結婚《けっこん》

黒崎《くろさき》 蒼《あお》

2025年3月15日　初版発行

発行者　山下直久
発　行　株式会社 KADOKAWA
〒102-8177　東京都千代田区富士見2-13-3
電話　0570-002-301（ナビダイヤル）

印刷所　株式会社暁印刷
製本所　本間製本株式会社
装丁者　西村弘美

定価はカバーに表示してあります。

●お問い合わせ
https://www.kadokawa.co.jp/（「お問い合わせ」へお進みください）
※内容によっては、お答えできない場合があります。
※サポートは日本国内のみとさせていただきます。
※ Japanese text only

ISBN 978-4-04-075808-4 C0193